John Burnside

# What light there is – Über die Schönheit des Moments

*Aus dem Englischen*
*von Bernhard Robben*



PENGUIN VERLAG

FSC
www.fsc.org
MIX
Papier aus verantwortungsvollen Quellen
FSC® C014496

Klimaneutral*
Druckprodukt
ClimatePartner.com/14044-1912-1001

Penguin Random House Verlagsgruppe FSC® N001967

1. Auflage 2022

Umschlaggestaltung und -illustration: Sabine Kwauka
Buchinnengestaltung: Karin Berner
Druck und Bindung: GGP Media GmbH, Pößneck
Printed in Germany
ISBN 978-3-328-10833-7
www.penguin-verlag.de

*Noch ein Ort*
*der sein letztes Licht*
*wie ein Netz auswirft*
*über nichts*

Mark Strand*

# Erde

Ich wurde in einem Land flinker Ströme und flacher Flüsse geboren: kräftige Wasserbänder, süß und dunkel vom Moor gespeist; quirlige Bäche, die durch Birkenhaine und von Strahlgras und Heide gesäumte Felder plätschern; breite Läufe aus den Bergen, klar wie Fensterglas, die das mittige Tal queren, bis sie auf die Städte treffen, zu seicht und zu alt, um viel Leben zu beherbergen, ganz anders als die betulicheren, nachdenklicheren Ströme inmitten von Hügellandschaften und Wäldern, fruchtbare *aibhnichean,* die ihre Ladung Schlick und Kraut über fischäugige Kiesel und wassergeglättete Puddingsteine tragen, während sie sich behäbig aufs Meer zuwinden. Als Kind watete ich durch die Rinnsale und schwamm in den Tümpeln rund um unsere sterbende Bergarbeiterstadt, wusste aber, wo sich helles Fließgewässer zu plötzlicher Dunkelheit beschleunigte oder wo irrläufige Unterströmungen durch alte Schwimmlöcher pulsten und die Sorglosen mit sich in wuchtige Fluten rissen oder unter Wasser zogen, bis sie nach Luft japsend wieder auftauchten oder, schlimmer, auf immer in den dunkelsten Läufen von Materie und Zeit verschwanden. Mit zehn Jahren kannte ich alle tiefen Stellen, die weiten Schwarzwasserflächen, die sich unvermutet dort auftaten, wo man am wenigsten mit ihnen rechnete, und denen kaum ein Taucher widerstehen konnte, obwohl es dort vor Schlingen und Fallen wimmelte, verstockt und aussätzig bis in ihre tiefsten Tiefen, voller Verhaue aus verklapptem Draht und obsoleten Maschinen, die unter der Oberfläche dräuten wie die rostigen Stufen geheimer Flusskatakomben. Folglich konnte es kaum überraschen, dass selbst an diesen Orten scheinbar friedlicher, unschuldig wirkender Gewässer Jahr für Jahr eine Handvoll Leichen aus der tückischen Strömung geborgen wurde, Hautsäcke voller Knochen und gelber Körpersäfte, die man auf Friedhöfen zwischen den Hügeln inmitten von Schafen und Krähen zur Ruhe bettete, weit fort von den Geistern, die in Flüssen hausen. Manche der Toten waren Kuhhirten, manche Jungen, für die ein nachmittägliches Abenteuer böse geendet hatte, einige darunter zweifellos auch Selbstmörder. Doch nur wenige dieser ertrunkenen Seelen wurden auf den Friedhöfen begraben, die entlang der Flüsse und Meeresarme liegen, denn diese Begräbnisstätten sind seit Jahrhunderten für jene reserviert, die keine andere Wahl hatten, als es Tag für Tag mit der Unbill der Strömung aufzunehmen, den Fischern, Fährleuten und Lotsen also, denen es das größte Glück bedeutete, in weiß bezogenen Betten und im Blick derer zu sterben, die für sie Engel waren oder die sie doch dafür hielten.

Über ihren fest verankerten Gräbern kippen – der langsamen Tide der Schwerkraft gehorchend – schwere, verwitterte Steinbrocken in wilde Schieflagen; und jeder Stein zeigt einen gemeißelten Kopf, ureigen, weitäugig und entschieden unmenschlich; ich zweifle keinen Moment daran, dass diese Steinmetzarbeiten sowohl für jene, die sie anfertigten, wie auch für ihre christlichen Herren vorwiegend einen wahrhaftigen, von den Heiligen Schriften anerkannten Engel zeigen sollten. Soweit sich jene Handwerker aber noch der Erde verhaftet sahen, soll heißen, soweit sie sich noch als entschiedene Heiden verstanden, blieben diese Figuren namenlos, verweigerten sich jeglicher Beschreibung und waren immun gegen die Schmeicheleien der Gebete. Auch wenn sie nur monochrome, in Stein gemeißelte Reliefs sind, verkörperten sie für die ursprünglichen Bewohner dieser Landstriche doch etwas Wildes, Elementares; zugleich ungezügelt, aber auch im tiefen Brunnen der *nobilissima viriditas* verankert, im vornehmsten Grün, und nur so weit personifiziert, dass man sie sich vorzustellen vermochte, dabei versinnbildlichten sie in Wahrheit jene göttlichen Ereignisse – Verben, keine Substantive; Prozesse, keine Figuren –, die den grundlegendsten aller Wechsel bewirken, den vom Tod zum Leben und vom Leben zum Tod, *sicut erat in principio, et nunc, et semper, et in saecula saeculorum* (wie im Anfang, so auch jetzt und alle Zeit und in Ewigkeit).

★

Über diese heiligen Orte, ob in Fife oder Perthshire, spannt sich nichts als der weite Himmel, eine riesige Kuppel, auf der sich die sichtbaren Sterne zu Konstellationen ordnen, tierischen, menschlichen und mythischen; dabei sind dies keine fixen Konfigurationen, keine Gegebenheiten wie Ebbe und Flut, die Jahreszeiten oder der Chor zur Morgendämmerung; die Fantasie hat sie ins Leben gerufen, will sagen, sie wurden entdeckt – und während manche in jenem Sternbild, das wir heute Löwe nennen, eben einen Löwen ausmachten, sahen andere, die vor langer Zeit hier lebten, darin einen Hund und nannten die Anordnung folglich – *Cú* – gleich dem Hund, der in den alten Geschichten vom jungen Cúchulainn erschlagen wurde (wie auch der Löwe in den griechischen Mythen von Herakles erschlagen wird). Gewiss war dies einer der Anfänge der Kunstfertigkeit in unseren Landstrichen, die Klassifizierung der Tagengel und des nächtlichen Himmels, das Deuten der Flusswinde und das Hineinlesen von Schwanenleibern und Bogenschützen in hohe Sternenwirbel, von Figuren, die es vorher nicht gegeben hatte und die nur auf ihre Entdeckung gewartet hatten. Von da war es bloß noch ein kleiner Schritt, überall Ordnung auszumachen, so dass wir angesichts welcher Mysterien auch immer, das, was uns fehlte, aus luftigem Nichts heraufbeschwören konnten. Zum Beispiel die heidnischen *Engel*: Sind das kreatürliche

Geister, die mit dem Wind heranwehen, um die Toten in jene Zeit zu begleiten, die da kommen wird? Oder sollen sie über etwas wachen, das man den Lebenden besser nicht vollends offenbart? Denn in aller Fairness: Wir dürfen uns vom Gemeißelten nicht täuschen lassen, zumindest nicht hinsichtlich dessen, was es besagen soll. Jene, die diese ernst blickenden, abweisenden Gesichter in den Stein schlugen, hätten ebenso vertraute, körperliche Begleiter ins Jenseits schaffen können (zu jung gestorbene Schwestern, verwandelt in freundliche Heilige; ein Lieblingsonkel, der für diesen einen Tag zurückkehrt, um sich jener Verblichenen anzunehmen, denen wir verziehen haben). Aus irgendwelchen Gründen aber entschieden sich meine heidnischen Vorfahren gewissenhaft und immer wieder für diese windgeformten Geister, fast, als hätten sie Prosperos Worte an Ariel im fünften Akt von *Der Sturm* vorhergeahnt:

Auch meines soll's.
Hast du, der Luft nur ist, Gefühl und Regung
Von ihrer Not? und sollte nicht ich selbst,
Ein Wesen ihrer Art, gleich scharf empfindend,
Leidend wie sie, mich milder rühren lassen?[1]

Natürlich ist es angebracht, uns unsere Stellvertreter nicht allzu liebenswert zu denken, denn die Zeit, die da kommen mag, wird, was immer sonst, keine Zeit des Trostes und der Ruhe sein, sondern eine schwierige Zeremonie des Übergangs. Ebenso wahr ist, dass die christlichen Herren, die den Ureinwohnern ihr Land stahlen, alsbald Systeme der Rechtsprechung und brutaler Vergeltung schufen, die dem heidnischen Denken zuwider gewesen sein müssen, Systeme, die man, kaum war die Orthodoxie mit dem Gift des Presbyterianismus injiziert – was für diesen Teil des Landes allgemein zutraf –, rücksichtslos auf dem Fels von Vorherbestimmung und Hierarchie errichtete. Es hatte den Anschein, als hätte dieser neue, monotheistische Gott, oberster Würfelspieler, der er war, von Anfang an entschieden, wer gerettet und wer der ewigen Hölle überantwortet werden sollte – nichts ließ sich daran ändern. Göttliche Vorherbestimmung. Was für ein elendes Konzept für dieses Land, in dem die alten heidnischen Geister gerechter vom barmherzigeren System der Unvermeidlichkeit regiert worden waren. Heute, hoffnungslos vernebelt vom Gewäsch der unheiligen Schrift, vermögen wir zwischen beiden kaum mehr zu unterscheiden – und doch liegen sie so weit auseinander, wie es weiter kaum ginge. Einst, da wir alle unserer wahren Natur folgten, stand es uns frei, das zu werden, was unweigerlich aus uns wurde; nachdem jedoch die christlichen Herren über uns gekommen waren, sahen wir uns verdammt, das zu werden, was wir immer, schon vor unserer Geburt, gewesen sind.

★

Ich habe an verschiedenen Orten gelebt, wollte nie mehr als nur einige zarte Wurzeln schlagen, und an den meisten Orten habe ich mich durchaus wohl gefühlt – kam vielmehr solcherart mit meinen Nachbarn aus, dass sie mir nicht über die Maßen *präsent* schienen, während ich es mich angelegen sein ließ, jenes einstige wie künftige Land zu bewohnen, das ich mit ihnen teilen musste. Ich weiß, wenn ich dies so formuliere, riskiere ich, wie ein Misanthrop zu klingen (was ich, im üblichen Wortsinne, glaube ich, nicht bin), doch wird mir jeder honorige Beobachter gewiss darin beipflichten, dass einzelne Exemplare der Spezies Mensch zu wahrhaft wundersamen Dingen fähig sind, sie als Ganzes aber beileibe keinen segensvollen Einfluss auf die Umwelt ausübt, sei es in kleineren wie in größeren Zusammenhängen. Ein Beispiel: An einem meiner Wohnorte (einem kleinen Fischerdorf am Firth of Forth) pflegten meine Nachbarn, die roten Ziegelmauern ihrer Räucherkammern und Ställe mit einer dicken Schicht schwarzem Teer zu übertünchen. Anfangs glaubte ich, sie wollten auf diese Weise den Stein vor den harschen Salzwinden schützen, die vom Meer heranwehten; erst viel später erfuhr ich, dass sie das warme, sinnliche Rot der Ziegel verdecken wollten, ein derart wohltuendes, lebensbejahendes Rot, dass einige Gemeindemitglieder in früherer Zeit es für unziemlich hielten – damals, in jener guten alten christlichen Ära, in der man Gemeinderäte allein wegen ihrer schieren Freudlosigkeit wählte. Diese Überreste des Puritanismus sind nur schwer zu ertragen, weit schlimmer noch ist aber die lächerliche Vorstellung von Glück – ob in diesem oder im nächsten Leben –, die diese Subspezies christlicher, in dieser Landesgegend so prächtig gedeihenden Glaubensrichtung zu bieten hat. Allen Vergnügungen im Leben abzuschwören, sogar auf Grundlegendes wie Farben und Wärme zu verzichten, und dies allein im Austausch für die vage Hoffnung auf ein Jenseits, das nichts so sehr wie dem Wartezimmer eines Zahnarztes gleicht, mag zugleich abstoßend im Geiste und auf schillernde Weise pervers wirken; darauf aber zu beharren, dass der Morgenchor der Vögel oder die Stille im Wald nach frischem Schneefall nichts weiter als eine Ablenkung vom Göttlichen seien (ein Schleier gleichsam, mit dem Gott höchstselbst die wesentliche Tatsache seiner so separaten wie insgesamt abstrakten Heiligkeit verbirgt), ist für mich ein hanebüchenes Beispiel für die Glorifizierung von Engherzigkeit und Beschränktheit.

Nicht, dass meine Nachbarn in dem kleinen Küstendorf zu jener Zeit, in der ich dort wohnte, besonders religiös gewesen wären, ganz im Gegenteil, denn obwohl sie sich jeden Sonntag beflissentlich in ihren Kirchen versammelten, war die Raffgier ihrer Habsucht in der restlichen Woche wahrhaft erstaunlich, nicht zuletzt, weil es in vielen Fällen nur um Unbedeutendes ging. Engherzigkeit war in dieser

Gemeinde eine Lebensart, Heuchelei eine von allen praktizierte, aber nur von wenigen zur Vollendung gebrachte Kunst – und diese wenigen wurden dafür mit den erbärmlichsten Ehren bedacht. Gemeinderat. Bürgermeister. Vorstandsmitglied im örtlichen Entwicklungsfonds. Hatten sie ihre Posten aber erst einmal inne, wurde rasch deutlich, dass sie es für ihr unausgesprochenes Recht hielten, alles, was sie an Fördergeldern auftreiben konnten, für ihre kleinen Lieblingsprojekte abzuzweigen, falls es nicht direkt auf die eigenen Sparkonten floss. Unnötig zu erwähnen, dass es für Gott in ihren Geschäften keinen Platz gab, und dass sie den Jesus, der die Geldverleiher aus dem Tempel trieb, längst vergessen hatten, obwohl sie entschieden die alten, freudlosen Gewohnheiten des unnachgiebigen Calvinismus pflegten; und Freunde, die in jener Gegend geblieben sind, haben mir versichert, dass die Verkaufszahlen für Bitumen bis auf den heutigen Tag recht beachtlich sind.

★

Als ich mein Haus an der Küste bezog, hatte ich längst meine mir im Unterricht eingebläute, sepiagetönte Vision von hienieden aufgegeben. Eigentlich war ich schon im dritten Jahr Religionsunterricht zu dem keineswegs überraschenden Schluss gekommen, dass es sich bei Religion dieses Schlags um eine Art Psychose handelte, war doch leicht nachzuvollziehen, warum eine auf unverrückbare Macht in der vergänglichen Welt basierende Gesellschaft einen Himmel erfand, der aus einer bloßen Verlängerung dieser Macht im Jenseits bestand. Natürlich konnte es da auch nicht überraschen, dass eine autokratische Religion auf ein persönliches Weiterleben nach dem Tod beharrt, wohingegen egalitärere, polytheistische Glaubenssysteme von einer allumfassenden Lebensenergie ausgehen, die im Kreislauf bleibt, um in einer Vielfalt von Formen und Gestalten stetig wiederzukehren. Wirklich bizarr aber finde ich, wie offenkundig unattraktiv der monotheistische Himmel trotz Gottes vermeintlicher ›Gegenwart‹ ist.

Dennoch bringt es wenig, die heidnische Welt heute zu loben, so lange, nachdem sie tief unter einem Berg von Hokuspokus und geistlosen Schmeicheleien begraben wurde (auch wenn ich mir wünschte, wir hätten einige wenige ihrer umweltfreundlichen Konzepte beibehalten; schließlich kann wohl niemand leugnen, dass der Heilige Hain für unsere Atmosphäre weit besser war als eine altmodische viktorianische Kirche mit maroden Sanitäranlagen). Wir können nicht zurück, weder in die heidnische noch in sonst irgendeine andere frühere Welt; die Vergangenheit ist vorbei. Trotzdem mag es nützlich sein, darauf hinzuweisen, dass eine westliche Welt – statt in ihrem kolonialen Amoklauf jede Kultur zu bekehren, wie es das Christentum tat, oder in geradezu kindischer Manier ganze Wälder und Ozeane zu vernichten, wie es der Mammon macht – dass also eine westliche Welt, die ein wenig heidnischer geblieben wäre, ein

Ort sein könnte, an dem es sich besser leben ließe – und die einen auf den Tod in der klassischen Manier der *Ars Moriendi* vorbereitete, einer Kunst, die meine kleine Meditation nachzuahmen strebt. Sich nicht mit Versprechungen auf Unsterblichkeit darauf vorzubereiten, auch nicht mit Glanz und Gloria aufgeblasener Wichtigtuer, sondern so, wie Walt Whitman es beschrieb:

Nun zu dir, Tod, und dir,
bittere Umarmung der Sterblichkeit,
es ist müßig zu versuchen,
mich in Angst zu versetzen.

Zu seinem Werk schreitet der
Geburtshelfer ohne Wimpernzucken,
Ich sehe die Ältestenhand drücken
empfangen stützen,
Ich ruhe an den Schwellen
wunderbarer elastischer Türen
Und achte auf den Auslass,
achte auf Erleichterung und Entweichen.

Nun zu dir, Leichnam, ich denke,
du bist guter Dünger,
aber das beleidigt mich nicht,
Ich rieche die weißen Rosen,
süßduftend und wachsend ...[2]

Der Jakscha fragte: »Wer begleitet den Menschen in den Tod?« Judhischthira antwortete: »Dharma allein begleitet die Seele auf ihrer einsamen Reise nach dem Tod.«

Mahabharata

Ich erinnere mich an die Verblüffung, die ich empfand, als ich zum ersten Mal miterlebte, wie jemand starb. Der Mann lag vor The Maple Leaf, einem Pub, auf dem Boden, Blut strömte aus einer Wunde am Hals: Jemand hatte ihm im verregneten Schatten aufgelauert und ihn erstochen, kurz zuvor, eine Minute oder so, ehe ich am Ende eines alkoholschweren, leicht desperaten Abends durch die Tür nach draußen taumelte; und jetzt, während wir – zwei, drei (einander Fremde) – uns über ihn beugten und ihm neugierig ins Gesicht starrten, starb er auf eine Weise, die geradezu willentlich *falsch* wirkte. Tausendmal hatte ich in Filmen den geschauspielerten Tod gesehen, Tode der traditionellen *Kriegsschreie gellenden und vom Pferd stürzenden Indianer*, um gar nicht erst von den Toden der erotisierten Art zu reden, wenn etwa die doch eher züchtige *fotogene Blondine anmutig zu Boden sinkt während der Killer ihren hübschen schlanken Hals loslässt* oder auch die angeblich realistischeren, im Grunde aber nur sensationslüsternen Tode der 1970er-Welle, die uns fotogene Leute in Zeitlupe zeigte, wie sie à la Bonnie and Clyde in tausend Stücke zerschossen wurden; das hier dagegen passte so überhaupt nicht zu dem solcherart überlieferten Wissen. Seither habe ich weitere Tode gesehen (am stärksten betroffen machte mich jener nach einem tödlichen Autounglück auf einer einspurigen Brücke im ländlichen Northamptonshire, bei dem ein junger Mann ins Grau glitt, während ich mich fragte, was ich ihm sagen oder wie ich ihm Trost spenden konnte) und begriffen, dass die meisten Tode, selbst die infolge von Gewalteinwirkung, weniger dramatisch, weniger markant, gleichsam weniger eindeutig *ereignisreich* sind als jene, die auf der großen Leinwand gezeigt werden. Was ich bislang darüber weiß, legt eher nahe, dass das Sterben meist unbedeutender vonstattengeht, als ich angenommen habe, ein Übergang vom Jetzt zum Gleich, das Treppenfenster offen, irgendwer im Park ruft nach einem Kind, einem Hund, am Haupttor der Ahorn buttriggelb, ein Hartriegel riskiert eine Rotvariante, an die niemand denkt, während ein Leben in die Herbstluft versickert, in den Meereswind, den Regenschauer und zugleich ins gewöhnliche Tagesgeschehen, ein kleines Drama, das seinen Lauf nimmt, »indessen irgendwower am Futtern ist oder öffnet grad wo ein Fenster oder schlendert gelangweilt wohin«[3], wie W. H. Auden es lakonisch formulierte.

Allerdings rede ich hier vom *Tod* und nicht vom *Sterben*. Bei dem Tod geht es um einen spezifischen Augenblick in der Zeit; er ist, was andere von außen sehen, so wie Trunkenheit die unschöne, äußerliche Manifestation eines Zustandes ist, den der Trunkene selbst als zutiefst ekstatisch erfahren mag, gar als dionysische Vereinigung mit dem Kosmos. Als Außenstehende begannen, die Wirkungen von Peyote auf die Teilnehmer heiliger Riten zu beobachten, notierten sie sichtbare Anzeichen körperlichen Unbehagens wie einen trockenen Mund, Hautrötungen und

Erbrechen. Was sie nicht sahen, war, was im Kopf der Teilnehmer vorging, die Veränderungen, die diese ›Droge‹ in ihnen auslöste. Um das zu erfahren, musste man sie selbst nehmen, worüber Aldous Huxley schrieb: »Der Mann, der durch die Tür in der Wand zurückkehrt, wird nie wieder ganz derselbe Mann sein, der hinausgegangen ist. Er wird klüger sein, unsicherer, glücklicher, doch weniger selbstzufrieden, bescheidener im Eingeständnis seiner Ignoranz, doch fähiger, die Beziehung der Wörter zu den Dingen zu verstehen, der systematischen Analyse zum unauslotbaren Mysterium, das er auf immer vergebens zu verstehen sucht.«[4] Ähnliches lässt sich über den Tod sagen. Was Außenstehende sehen, was im Bericht des Arztes steht, ist das eine, was aber in Kopf und Seele des Menschen geschieht, der seine sterbliche Hülle verlässt, ist etwas, worüber wir nichts wissen. Zweifellos gibt es ein Maß vorhersagbaren Leids, das von anderen festgestellt werden kann, und es mag durchaus auch Momente klarsichtiger Kommunikation geben. Ins Licht oder in die Dunkelheit aber geht jeder von uns allein. Vielleicht lässt sich über diesen Prozess am einfachsten sagen, dass der Tod vorwiegend ein Fall für die Statistik ist, das Sterben hingegen eine Kunstform – zumindest könnte es so sein.

★

Zugleich kann *mein* Sterben nur eine Kunst sein, wenn *ich* es dazu mache. Eben deshalb ist das alte Klischee, demzufolge römische Gladiatoren beim Betreten der Arena ihren Kaiser mit den Worten grüßten: »*Ave, Imperator, morituri te salutant*« (»Heil dir, Cäsar, die Totgeweihten grüßen dich!«), wohl eher eine Fiktion – und überdies keine besonders schöne. Im Kampf zu sterben, während man den Besitz anderer, meist privilegierterer Bürger beschützt, kann ehrenvoll und reinen Gewissens geschehen. Was aber bedeutet es, zu kämpfen und zu sterben allein zur Unterhaltung einer so müßigen wie ignoranten und dekadenten Kaste? Einige derer, die gezwungen waren, die Arena zu betreten, mögen tatsächlich in der Erwartung des Todes diesen bekannten Satz gerufen haben, doch war er wohl eher ein verzweifelter Appell als eine Proklamation: ein verzweifelter Appell mit ironischem Unterton, der allerdings, wie uns Sueton verrät, anlässlich mindestens einer Gelegenheit bei einem von Roms absurderen und unansehnlicheren Kaisern Wirkung zeigte:

Ja, ehe er den letzten Durchstich zur Ablassung des Fucinersees vornehmen ließ, veranstaltete er zuvor eine Seeschlacht. Als nun aber diese Seefechter riefen: »Heil dir, Imperator, die Todgeweihten grüßen dich!«, und er darauf mit: »Oder auch nicht!«

geantwortet hatte und nach dieser Antwort, die sie als Begnadigung auffassten, keiner von ihnen mehr kämpfen wollte, da war er anfangs geraume Zeit nahe daran, sie alle niederhauen und verbrennen zu lassen, bis er endlich von seinem Sitz aufsprang und mit seinem hässlichen Wackelgang um das ganze Bassin hin und her lief und sie bald mit bösen, bald mit guten Worten zum Kampf antrieb. Bei diesem Schauspiel fochten ein sizilisches und ein rhodisches Geschwader gegeneinander, jedes zwölf Dreiruderer stark; und ein silberner Triton, der mitten aus dem Bassin durch eine Maschinerie sich emporgehoben hatte, blies auf der Trompete zum Angriff.[5]

Könnte dies nicht das ultimative Beispiel für den Missbrauch kaiserlicher Macht sein? Wie grotesk ist es doch, wenn der Kaiser die Verdammten um ihre letzte, ironisch oder spöttisch-heldisch vorgebrachte Geste bringt, erst, indem er die Demütigung noch um einen schlechten Witz mehrt, um dann, als diese Farce nach hinten losgeht, zu zeigen, wie unwürdig er ist, das Schicksal von so vielen zu lenken, indem er am Seeufer auf- und abwatschelt und dabei Drohungen und Versprechungen ruft wie ein unfähiger Vater, der ein aufsässiges Kind überreden will, doch endlich ›brav‹ zu sein.

Der Jakscha fragte: »Was ist das größte Wunder auf Erden?« Judhischthira antwortete: »Jeden Tag sehen wir Mensch wie Geschöpf ins Reich von Yama wechseln, dem Gott des Todes, und doch wollen jene, die zurückbleiben, immerdar leben. Das ist doch wahrlich das größte Wunder.«

Mahabharata

Als Teenager verbrachte ich viele Stunden in der Kunstbuchabteilung unserer Stadtbücherei, teils, weil ich außer Haus und fern von den Orten sein wollte, an denen meine Eltern mich aufspüren konnten, und teils, weil ich nach einem Ideal der Reinheit suchte, einem persönlichen Elysium oder einer Art Paradies, wenn auch, wie ich gleich hinzufügen will, keinem himmlischen Paradies. Die Suche wurde dadurch erschwert, dass sich in der Bibliothek nur eine begrenzte Anzahl in Frage kommender Bücher fand, und in vielen davon waren die Reproduktionen verwaschen und von der Sonne ausgebleicht, nur mehr Annäherungen an ein Original, von denen, wie bei den Illustrationen der Kriegsjahrbücher für Kinder, ein schwacher Moschusgeruch ausging. Dennoch, ich war ein unkritisches Arbeiterkind, das leicht von Bildern heimgesucht wurde; und manche von denen, die ich dort fand, sind mir seither geblieben und haben die Geografie meiner Imagination stärker als jeder Atlas oder Gemeindealmanach geprägt.

Die meisten der in jener Stahlarbeiterstadt verfügbaren Bücher enthielten ein Sammelsurium an Bildern: Es gab Bibelszenen, die ich überblätterte, oft Nackte, bei deren Anblick ich kurz innehielt, ehe ich die Seite umschlug, im Nacken ein vages Dräuen des Beichtstuhls. Der eigentliche Grund aber, weshalb ich mich dort aufhielt, waren jene Bilder, die ich über alle anderen liebte: holländische und flämische Landschaftsmalereien. Tagelang konnte ich umherlaufen, den Kopf randvoll mit weiten Himmeln, endlosen

Feldern; und es gab Nächte, in denen das Traumleben des damals Fünfzehnjährigen in einem Gewirr von Kanälen und rotgeziegelten Höfen stattfand: Jeder neue Fund wurde gleich meiner Fantasie überantwortet, Augenblicke, in denen ich ein Gefühl dafür gewann, wie bedeutsam öffentlicher Raum sein kann. Das absolute Ideal, dem ich nachjagte, war allerdings spezifischer: Auf einem zugefrorenen Fluss, eingemummelt in sämtliche Lumpen, die gerade zur Hand waren, wagt sich eine frisch befreite Bürgerschaft unter winterlichem Himmel hinaus aufs Eis – und mit meinem inneren Auge folgte ich ihr, wusste ich doch, näher würde ich jener Freiheit nie kommen, die ich mir nur erhoffen konnte. Die Himmel über den gefrorenen Himmeln mochten klar sein, fast blendend hell, dazu ein Hauch Porzellanblau, ein pfirsichfarbener Ton oder ein kaum fassbarer Schuss Taubengrau; sie konnten auch dunkel sein, goldgrundiert gleich altem Pergament wie etwa bei Jan van Goyens *Eislandschaft mit Schlittschuhläufern* oder Hendrick Avercamps *Eine Szene auf dem Eis nahe einer Stadt* aus dem Jahre 1615, doch wie hell oder dunkel der Himmel auch immer war, wie voll oder menschenleer das Eis – die Faszination lag für mich in dem neuen Raum, den diese Bilder offenbarten. Dieser Raum war, vermutete ich, kurzlebig und zu dem Zeitpunkt, der das Stadtvolk einfing, wie es Schlittschuh lief, auf von Pferden gezogenen Schlitten fuhr oder *kolf* auf dem zugefrorenen Fluss spielte, noch neu, ein temporärer Zustand und folglich ein Ort, an dem die üblichen Regeln so wenig galten wie die gewohnten Religions-, Geschlechter- oder Klassenvorurteile. Er war ein öffentlicher Raum und zugleich seltsam intim, und er war anders als alle anderen öffentlichen Räume, die ich in der realen Welt je kennengelernt hatte, schienen sie doch ohne Kontrolle auszukommen, wirkten selbstbestimmt, kannten keinen Kommerz und waren folglich frei.

Dabei habe ich gar nicht politisch darüber nachgedacht – damals jedenfalls noch nicht. Mein Interesse war rein emotionaler und imaginativer, nichtanalytischer Natur: Schaute ich mir van Goyens Bild *Eislandschaft mit Schlittschuhläufern* von 1608 an, war mir nur wichtig, was ich empfand – und ich empfand eine Mixtur aus purem Gefühl und einer vagen Ahnung des Dazugehörens, etwas, worauf ich schon seit Jahren gehofft hatte, auch wenn ich es weder definieren noch erklären konnte. Ich wusste nichts über die Techniken, die nötig waren, um Schnee auf ein Bild zu bannen, nichts über die ›kleine Eiszeit‹, die Europa damals, als diese ›Winterszenen‹ gemalt wurden, in ihrem Griff hielt, nichts über die sozialen oder politischen Bedingungen, die zu jener Zeit herrschten. Mein Kopf war frei davon und meine Reaktion damals und noch Jahre darauf folglich ganz lyrischer Natur. Für mich bedeuteten diese verschneiten Landschaften eine Art Elysium: Sie eröffneten einen neuen Raum, einen, der, da nur zeitweilig gewährt, von den Oberen nicht beansprucht worden war und nicht beansprucht werden konnte.

Dank der Gnade eines (implizit heidnischen) Gottes oder der Erdgöttin Gaia war es allen und jedermann möglich, aufs gefrorene Wasser zu gehen, Schlittschuh zu laufen oder auf dem Eis zu flirten – und dies war mir Beleg dafür, dass die Welt fähig war, sich zu verändern, genau wie in jenen alten heidnischen Geschichten, in denen sich Zeit und Raum im Laufe einer einzigen eisigen Nacht auf magische Weise verwandelten. Wasserflächen, seit Menschengedenken nicht zugefroren, wurden plötzlich zu Hockeyplätzen oder Tanzböden, auf die man seine Feuerschale stellte und etwas anderes als die übliche Pampe kochte. Noch Jahre später konnten Männer und Frauen daran zurückdenken und sagen, dass sie sich verliebt hatten, damals, an dem Tag, an dem der Fluss zugefroren war, einem Tag, an dem all das übliche Treiben, das Bedienen und Besorgen und Anhäufen von Schätzen im Himmel für einen unverhofften Ferientag lang vergessen waren.

Schnee kannte ich natürlich. Und nicht zuletzt, weil es auch in meiner Welt manchmal schneite, wusste ich, dass die Zeit in zwei deutlich unterschiedene Kategorien zerfällt: in jene Zeit, die ich für die reale hielt und in der ich Platz genug hatte, mich zu bewegen und authentisch zu sein (soll heißen, in der ich als Kind nach meinem eigenen Tempo lebte), und in jene Zeit, die ich für die der anderen hielt, nicht immer unangenehm, als mir aufgezwungene Zeit aber auch nie gänzlich wahr. Wenn es schneite, rückte die reale Zeit in den Vordergrund: Tagtägliches konnte durch eingefrorene Rohre oder blockierte Straßen unmöglich werden, vielleicht kam gar der Verkehr zum Erliegen und Schulen wurden geschlossen. Die Wirkung war allerdings weit metaphysischer, als es solch praktische Erklärungen vermuten lassen. Wenn es schneite, verstummte die Welt, und der Tag wurde, wenn auch nicht gerade erstarrt, doch so still und leise, dass die reale Zeit einige kostbare, kerzenhelle Tage lang vorherrschen konnte. Die Räume zwischen den Häusern unserer Siedlung wurden tiefer, breiter: Gewöhnliches Stadtvolk, das bei fallendem Schnee vorüberging, wirkte seltsam anziehend. Die Schwerkraft änderte sich. Ging ich auf die schneebedeckte Straße, schien mir, wen immer ich traf, viel näher als sonst. Für jene unter uns, die alles in Begriffen relativen Mangels ausdrücken müssen, war jedoch das Wichtigste: Öffentliche Räume wurden zu Räumen, die geteilt werden konnten. So absurd es sich auch anhören mag: Schnee garantierte uns einige Tage, manchmal Wochen von etwas, das sich wie Demokratie anfühlte. Und ich vermute, in diesem Elysium hielt ich mich in meinem Hinterkopf schon seit Jahren auf, verirrte mich wundersam auf den Straßen einer antiken Schneekugel, betrat den nachgebauten, mit Blattgold geschmückten, mittelalterlichen Marktplatz, näherte mich dem von laternenhellen *Passerelles* überquerten Fluss – all das dominiert von der unpersönlichen Gerechtigkeit des Himmels und des Wetters, ein kurzer Hiatus in der Geschichte menschlicher Macht.

Und wahrlich, ich sag's nochmal,
nichts Geringes!
Kein liliengedämpftes Summen
einer Sommerbiene,
Das sich nicht mit den kreisenden
Sternen verbände,
Kein Kiesel unter deinem Fuß,
der sich nicht als Gestirn erwiese,
Kein Buchfink, der nicht auf Cherubim verwiese
Und (auf mein eigenes, schmales,
geädertes Handgelenk blickend),
In solch leisem Beben des Blutes
Äußert sich deutlich
Der laute Aufschrei einer vehementen Seele.
Die Erde randvoll
Mit Himmel, und in jedem gemeinen Busch
brennt Gott,
Doch nur, wer sieht, zieht die Schuhe aus,
Die übrigen sitzen herum
und pflücken Brombeeren
Und beklecksen unwillentlich
ihre natürlichen Gesichter,
Überdecken mehr und mehr
die erste Ähnlichkeit.

Elizabeth Barrett Browning: Aurora Leigh[6]

Das Altern ist der langsamste Prozess, den der Mensch kennt – und doch, wie plötzlich ist mein Leib alt geworden: arthritisch, hypertonisch, sklerotisch und allem Anschein nach kaum mehr als einen Schritt von jenem körperlichen Verfall entfernt, den eigentlich doch nur andere Leute durchmachen sollten. Womit gesagt sein will, dass das Altern ein Prozess ist, in dessen Verlauf eine Fähigkeit nach der anderen zu einem Schatten ihrer selbst verkümmert, um schließlich auf immer verloren zu gehen. Das lässt sich nicht leugnen (zumindest nicht von jenen, die bereits wissen, dass sie alt werden), doch trifft auch zu, dass die Welt, je älter wir werden, uns immer unvoreingenommener erscheint; und heutzutage ist das Wissen darum, was mir abgeht, die Ausgangsbasis meiner tagtäglichen Gesundheit. Der schnürende Lauf des Fuchses durch das Grün der Felder, der Ruf des Austernfischers im Nebel; und ich, während ich zu entwickeln beginne, was man das erste Stadium dieser *Ars Moriendi* nennen könnte: Ich fange an zu verstehen, dass die Gegenwart einer im Vorübergehen gehörten Sprache gleicht, einem Strom leiser Umgangssprache, halb übertönt vom langanhaltenden Getrommel eines heftigen, agnostischen Regens. Als wäre ich schon tot, vergehen ganze Jahreszeiten, wenn ich schlafe, ein feiner Wind aus dem Norden lässt Schnee auf den laternenhellen Hof rieseln. Die Stille der Weihnacht, Licht im oberen Zimmer, im Grau der Dämmerung murmelnde Radiostimmen. Die Knospe bricht auf, Vogelgesang,

Schatten in der Hecke. Möwen schrecken vor einer umgestürzten Mülltonne zurück, eher vorsichtig als ängstlich, im Kies fortgeworfene Knochen und Eierlikörfläschchen, Wogen von Moschus und Jod mäandern über den Rasen. Dass der Vorgang des Sterbens nichts Einfaches ist, gilt als erwiesen, und doch hat es auch etwas Erbauliches, wie jene bestimmte Tür offensteht und auf etwas hinführt, das eine Obstwiese sein könnte, verzauberte Apfelbäume und Vögel, die ins Dickicht flattern, eine angenehme Panik, die das Laub erfasst und dann dieses Irrlicht, dem zu folgen ich mich kaum verweigern kann – selbst heute vermag ich nur mit Mühe über den Zug zu sprechen, der ungeplant mitten auf dem Land anhielt und sich tagelang, wochenlang nicht wieder in Bewegung setzte, oder über die von einem Reisenden erzählte Geschichte, in der er zu einem Haus am Rande des Waldes kam, die Tür weit offen, frischer Kaffee in der Kanne, doch niemand dort, obwohl er Zimmer um Zimmer absuchte, nur ein Summen von der Treppe, das klang, als würde sein Name in einer Hymne oder in einem Hüpfreim gerufen. Einen Moment lang fragte er sich, wo er war, bevor er begriff, dass er zu dem Ort nicht zurückkehren konnte, von dem er gerade gekommen war. Der Singsang dieser neuen Welt umgab ihn; eine Sommerbrise wehte über seine Haut und kühlte die fiebernden Knochen; Formaldehyd klebte an seinem Mund, kalt und glänzend wie ein Großmutterkuss – und mit einem Mal fiel ihm wieder ein, wie die Sonne durch den Götterbaum des Nachbarn schien, vor sechzig Jahren, als er gewiss er selbst und doch auch jemand anders gewesen war, und wie er sich in den verfallenen Gärten am Ende des alten Farmwegs – einem Gelände, das früher von zehn Gärtnern akribisch gepflegt worden und nun für die Bebauung mit gehobenen Wohnungen vorgesehen war – eine kindliche Vision vom Paradies geschaffen hatte, ausgehend von nichts mehr als einer weiten, ungemähten Rasenfläche, auf allen Seiten umstanden von Taubenbäumen und Azaleen, in der Mitte hinterm ausgedienten Farnhaus zur Zierde ein Fischteich, dessen Wasser sich unweigerlich Jahr für Jahr über Nacht verdickte, Klumpen und Schlieren von Wasserpest und Sternenlicht, bis zum Rand gefüllt mit dem mikroskopischen Gezücht von halbbelebtem Laich.

★

Ich war Student, als ich zum ersten Mal von den Londoner Frostmärkten hörte, und anfangs heftete ich diese angenehme Vorstellung in der zentralen Kammer meiner inneren Bilderwelt ab, zusammen mit Averkamp, van Goyen und den Geschichten über die Polarexpeditionen, die ich schon als Kind gesammelt hatte. Längst war ich ein geheimer Verehrer alles Kalten und Weißen geworden: Mein Lieblingsgedicht war Wallace Stevens' *Der Schneemann*, mein Lieblingsgemälde Pieter Brueghels *Winterlandschaft mit Eisläufern und Vogelfalle* von 1565. Die Filmszene, die sich in Endlosschleife in meinem Kopf abspulte, zeigte die Automobil- und Droschkenfahrten durch die Schneelandschaften in *Der Glanz des Hauses Amberson*; mein perfekter Abgang aus dieser Welt (mit neunzehn besteht man natürlich darauf, derlei zu planen) kopierte Geralds langsames Verschwinden in den alpinen Schneesturm am Ende von *Liebende Frauen* (ich hatte eine Weile mit Captain Oates' Abgang in den Blizzard auf der dem Scheitern geweihten Südpolexpedition von Robert Falcon Scott geliebäugelt, doch schien mir meiner sozialen Klasse und Unzufriedenheit Geralds wortlose Selbstauslöschung angemessener als Oates' so wundervoll britische *Beau Geste* zu sein). Ich fand überhaupt nichts dabei, einen »Wintergeist«[7] zu haben; ich hätte zufrieden in einer Jahreszeit ewigen Schnees gelebt. Als ich in John Evelyns Tagebuch die Einträge für Januar des Jahres 1684 las, hätte ich mich also freuen sollen, doch fühlte ich mich eher seltsam angewidert:

9. Januar 1684: Ging heute über die Themse, das Eis inzwischen so dick, dass es nicht nur Gassen mit Buden trägt, in denen Fleisch gebraten wird und diverse Läden ihre Waren verkaufen, ganz wie drüben in der Stadt, nein, auch Kutschen, Karren und Pferde queren das Eis ...[8]

Und er fuhr fort:

24. Januar 1684: Der Frost wird stetig strenger; über die Themse vor London ziehen sich noch immer regelrechte Gassen mit Buden, in denen jeglichem Gewerbe nachgegangen wird, Buden voller Waren, sogar eine Druckerpresse gibt es, gefällt es den Herren und Damen doch, ihren Namen drucken zu lassen nebst dem Tag des Jahres, an dem sie auf der Themse wandelten: Dies ist so allgemein beliebt, dass man schätzt, der Drucker, der doch je nur eine Zeile druckt, verdiene damit bis zu sieben Pfund am Tag, einen Sixpence für einen Namen, zusätzlich zu dem, was er für Balladen etc. einnimmt. Wie auf den Straßen fahren Kutschen zwischen Westminster und Temple hin und her, aber auch von diversen anderen Haltestellen; man sieht Schlitten, Schlittschuhläufer, eine Stierhatz, Kutschrennen, Puppen- und Theaterspiele, Köche, Zecher, aber auch Leute, die anderem unzüchtigen Zeitvertreib nachgehen, so dass die Szene einem bacchanalischem Triumph gleichkommt, einem Karneval auf dem Wasser ... die exzessive Kälte hindert jeglichen Rauch daran, in den Himmel zu entweichen, weshalb London dermaßen in den rußschwarzen Qualm der Seekohle gehüllt ist, dass man kaum über die Straße zu blicken vermag, ein Qualm, der mit seinen groben Partikeln in jede Lunge dringt und sich so schwer auf die Brust legt, dass man kaum noch Luft bekommt.[9]

Ich begriff sofort, wie naiv ich gewesen war, mir eine sorglose, befreite Menschenmenge unter einem hohen, klaren Himmel auf dem breiten Band der Themse vorzustellen, ähnlich jener auf Avercamps Schneelandschaft. Evelyn zeichnete ein weit realistischeres Bild: Kaum war es sicher, über den Fluss zu gehen, eröffnete jeder Unternehmer, der über die entsprechenden Möglichkeiten verfügte, auf dem Eis ein Geschäft und verbreitete Lärm und Qualm, kommt es doch einem Gesetz des modernen Unternehmertums gleich, dass es die Leichtgläubigen und Müßigen nur gibt, damit sie behutsam geschröpft werden, so wie Kinder in modernen Museen durch Münzautomaten geschröpft werden, die ihnen Medaillenimitate und Münzen mit den Insignien einstiger Tyrannen drucken. Kommerziell gesprochen dürfte die zugefrorene Themse anfangs eine wettbewerbsfreie Zone gewesen sein, wenn auch nicht lange. In Anbetracht der Korruption des Londoner Stadtrates und der üblichen Gepflogenheiten, mit der man solche Geschäfte anging, sollten die Autoritäten nur allzu bald den Handel auf dem Eis ›regulieren‹. Die besten Plätze würde man an jene vergeben, die sich am großzügigsten bei den (selbsternannten) Oberen einschleimten; und kaum hatte man sich auf angemessene Tarife für Handel und Bestechungen geeinigt, war jeder verfügbare Platz besetzt; und die Liebenden meiner kindlichen Fantasie würden einander in der rußverpesteten Luft verpassen. Die Tinte auf den Verträgen war noch nicht trocken, da war der neue Platz auf der Themse bereits zum Inbegriff all dessen geworden, was falsch an einer Nation war, die mit Acts of Enclosure das gemeine Volk um seine Allmenderechte brachte, mit Highland Clearances die ansässige Bevölkerung aus dem schottischen Hochland vertrieb oder das Wildwasser meiner Heimat, ja selbst den Wind privatisierte, der über ihr glyphosatverseuchtes Pachtland weht. Denke ich an die Londoner Frostmärkte, sehe ich darin unwillkürlich den feigen Verzicht auf ein temporäres Elysium zugunsten des rüden, fantasielosen Kommerzes, was es zum Gegenstück der Demokratisierung eines Raumes macht, wie ich sie in den Gemälden nordeuropäischer Winterlandschaften gefunden hatte. Natürlich war es naiv, an den Kindertraum vom kalten, kalten Himmel festzuhalten. Und doch frage ich mich, warum wir willentlich auf die imaginativen Möglichkeiten eines öffentlichen Raumes verzichten (im Gegensatz zum privaten, mehr oder minder häuslichen Raum, wie er von so vielen zeitgenössischen Künstlern gefeiert wird, die von der Abscheu gegenwärtigen Umgangs mit der Umwelt ebenso wie von Bachelards allgegenwärtiger *poetique de l'espace* inspiriert zu werden scheinen); und es mutet mich so seltsam wie traurig an, dass wir uns derart bereitwillig mit der fortdauernden Beschränkung unseres Blickfeldes einverstanden erklären, unseres Rechts auf Freizügigkeit und unseres Vermögens, einen ›sauberen, hellerleuchteten Raum‹ zu finden, in dem es ruhig und still genug wäre, sich einen Himmel vorzustellen, der diesen Namen verdiente und in dem sich eine *Ars Moriendi*, eine Kunst des Sterbens, schaffen ließe – was in den allermeisten Fällen dasselbe sein dürfte.

★

»Zeit und Raum – Zeit, um allein zu sein, Raum, um sich bewegen zu können – kaum etwas anderes dürfte in Zukunft so knapp werden.« Diese in den 1970er Jahren vom Naturalisten Edwin Way Teale gemachte Bemerkung – einem Mann, der mehr als die meisten von der Komplexität des Raumes verstand – scheint mir im Rückblick so vorausschauend wie zutreffend gewesen zu sein. Denn längst leben wir in einer Welt, in der Zeit fürs Alleinsein und Raum für Bewegung heiß begehrt sind, Kommoditäten, die den Reichen und Mächtigen selbstverständlich scheinen, für alle anderen aber eine Frage des Glücks oder das Ergebnis harter Arbeit sind. Zeit und Raum wurden zu Luxusgütern und für die vielen, die sie nicht gewohnt sind, zu einer neuen, überraschenden Last. Literaturstudenten klagen, wenn sie gebeten werden, Texte von Henry James oder Marcel Proust mit ihren langen, sorgsam nuancierten, doch zeitaufwendigen Sätzen zu lesen; Mannschaftssport wird auf tiefgreifende Weise verändert, nur um den Forderungen der Fernsehwerbung zu genügen; Golfplätze werden umgebaut, um das Spiel schneller zu machen, was meist größere chemische und mechanische Eingriffe erfordert. Pausen und Auszeiten, wie sie einst alle genossen haben, sind nun das Privileg der Mächtigen, die sich das Recht auf Einsamkeit und Freiheit der Bewegung nicht nur vorbehalten, sondern zugleich auch darauf hinwirken, dass diese grundsätzlichen Voraussetzungen eines reichhaltigen Sinneslebens anderen verwehrt bleiben.

Ein beredtes Beispiel dessen, was jenen widerfährt, denen Raum im bedeutsamen Maße vorenthalten wird – Raum mit Ausblick, Raum für perspektivische Logik, gar mit ausreichend Licht –, zeigt Sean Penns Segment des Films *11'09"01*. 2002 lud der Produzent Alain Brigand elf Filmemacher aus der ganzen Welt ein, auf den Angriff auf das World Trade Center mit einem Kurzfilm zu reagieren, von denen keiner länger als elf Minuten und neun Sekunden sein durfte und dies bei nur einer einzigen Kameraeinstellung (daher der Titel). Die Antworten von Regisseuren wie Ken Loach, Alejandro González Iñárritu oder Shohei Imamura fielen in Stil und Herangehensweise unterschiedlich aus, manche wandten sich direkt dem Thema zu, andere näherten sich ihm eher indirekt. Penns Beitrag fiel auf typische Weise zurückhaltend aus und wurde in den Vereinigten Staaten heftig kritisiert: Zu Beginn seines Films sehen wir einen alten Mann (wundervoll von Ernest Borgnine gespielt), der morgens aufsteht und sich beklagt, wie dunkel die Wohnung ist, die er offenbar mit seiner Frau teilt (die wir allerdings nicht zu sehen bekommen); er rasiert sich und zieht sich an, erzählt ganz allgemein von Vergangenem und vom Tagesgeschehen, während seine Frau vermutlich ihren eigenen Angelegenheiten nachgeht. Erst als er ins Schlafzimmer zurückkehrt, sorgfältig ihr Nachthemd faltet und zurück in einen Schrank voll mit penibel gefalteten Kleidern legt, begreifen wir, dass er allein lebt. Der Mann ist ein Witwer, doch hat er sich ein tägliches Ritual geschaffen, demzufolge er jeden Morgen frische Kleider für seine Frau bereitlegt (wir sehen ihn einmal nach etwas Sommerlichem für sie suchen), um die Kleider dann abends wieder fortzuräumen und ein frischgewaschenes Nachthemd für sie hinzulegen. Dieses Ritual wiederholt sich über mehrere Tage, eine Zeit, in der wir sein Ritual genauer kennenlernen: Er rasiert sich, geht einkaufen, sieht sich *The Jerry Springer Show* im Fernsehen an, trinkt Bier und betrinkt sich auch manchmal. Unentwegt führt er dabei sein einseitiges Gespräch mit seiner Frau, erinnert sich, philosophiert, trauert – und unentwegt beklagt er sich über die mangelnde Helligkeit in der Wohnung, um dann darauf hinzuweisen, dass die von seiner Frau eingetopften Blumen ohne Sonne nicht gedeihen können. Er wünscht sich, sie hätten sich doch für ›das Haus auf dem Land‹ entschieden. Nur ahnen wir, dass diese Gelegenheit, falls es sie je gegeben hat, längst verstrichen ist.

Die Routine, die er sich zugelegt hat, ist unabänderlich, da er aber gelegentlich einen über den Durst trinkt, braucht er einen Wecker, um jeden

Morgen exakt um acht Uhr früh den Tag zu beginnen. Einmal jedoch versagt der Wecker, und der Mann, der offenbar vor laufendem Fernseher eingeschlafen ist, verdöst die Ereignisse des elften Septembers, die von den Nachrichten gezeigt werden, während er sich im Bett wälzt, aber nicht wach wird – das wird er erst ganz allmählich, als am Bildschirm der erste der beiden Twin Tower einstürzt und plötzlich helles Sonnenlicht in die Wohnung fällt. In ebendiesem Moment schlägt der Mann die Augen auf, schüttelt seine Benommenheit ab und sieht, dass die Blumen seiner Frau auf wundersame Weise erblüht sind; und er will sie ihr bringen, vor Freude lachend, die Wohnung voller Licht und mit einem Gefühl von Erleichterung, geradezu überwältigt von neuem Leben. An dieser Stelle hätte der Film mit der nachvollziehbaren politischen Aussage enden können – dass die Armen und Machtlosen in Amerika vom außer Kontrolle geratenen Kapitalismus auf ziemlich die gleiche Weise, wenn nicht gar im selben Maße wie die Entrechteten anderer Länder unterdrückt werden. Was jedoch geschieht, treibt das Argument noch ein wenig weiter und schließt damit an die ureigene sozialistische Film- und Theatertradition Amerikas an; und es sind diese Momente, in denen sich Borgnines Schauspielkunst in ihrer grandiosen Vollendung zeigt, spielt er die wenigen letzten Momente doch, als stünde er auf einer Theaterbühne und nicht vor der Kamera. Der Raum ist noch immer voller Licht, doch nun wird dem alten Mann klar, dass seine

Frau tot ist und er den Topf mit schönen Blumen einem Nachthemd zeigt. Und diese alte Trauer lässt ihn zusammenbrechen – die Trauer nicht nur um ihren Tod, sondern auch um das Leben, das zu leben sie gezwungen gewesen war, ein Leben im Schatten und Halbschatten, ein Leben, das nie im hellen Licht stattfand, und wieder und wieder sagt er, die Stimme kraftlos: »Das hättest du erleben sollen ... Das hättest du erleben sollen ...« Für jene im Publikum, die bereit waren, Penns minimalem, fast wie aus dem Ärmel geschütteltem Skript und Borgnines herausragendem Spiel zu folgen, wandelt sich die offensichtliche politische Aussage in eine menschliche Tragödie, in der den Amerikanern eines ihrer grundlegendsten Rechte verwehrt wird, das Recht auf einen Ort, an dem, wie Hemingway es in *Ein sauberes, gutbeleuchtetes Café* formulierte: »Das Licht ist sehr gut, und ... das Laub spendet Schatten.«[10]

★

Edwin Way Teales Aussage zu Zeit und Raum tendiert zum Abstrakten; Penns Film dagegen zeigt uns, wie Raum und Zeit zusammengenommen zum Hier und Jetzt werden, zu dem Ort, an dem wir wohnen und unser Leben führen. In diesem Stadium der *Commedia* unserer Konsumgesellschaft beruht die Qualität dieses Ortes auf einem breiten Spektrum von Variablen (und es ist eine enorme sowie zutiefst perverse Leistung, dass wir menschlichen

Geschöpfe unsere Umwelt in einem derartigen Ausmaße zerstört haben, dass wir die jetzige historische Epoche Anthropozän nennen). Doch so nonchalant unsere Haltung zum Licht auch sein mag – und jeder Spaziergang durch eine Stadt oder Vorstadt zeigt, dass zu viel Licht genauso problematisch sein kann wie zu wenig Licht –, unsere Klanglandschaften sind sogar noch stärker kompromittiert. Natürliche Stille ist heute bloß noch mit Geld zu erkaufen, der Rest ist Kakofonie. In seiner Studie *One Square Inch of Silence* über Lärmverschmutzung in den Vereinigten Staaten zitiert der Akustikökologe Gordon Hempton die prophetische Bemerkung des mit dem Nobelpreis geehrten Bakteriologen Robert Koch, der 1910 schrieb: »Eines Tages wird der Mensch den Lärm ebenso unerbittlich bekämpfen müssen wie die Cholera und die Pest.«[11] Und er fährt fort:

Vermutlich gibt es keinen Ort auf Erden, der vom modernen Lärm unberührt bleibt. Selbst im Regenwald des Amazonas, abseits der asphaltierten Straßen, kann man das Dröhnen ferner Außenbordmotoren an Einbaumkanus und am Handgelenk unseres einheimischen Führers das stündlichen Piepen seiner digitalen Uhr hören. Die Frage lautet nicht mehr, ob es Lärm gibt, sondern nur noch, wie oft und wie lange er uns behelligen wird ... Meiner Erfahrung zufolge ist eine länger als fünfzehn Minuten währende Stille in den Vereinigten Staaten extrem selten geworden und in Europa schon gar nicht mehr zu erleben. Die meisten Orte kennen überhaupt keine Stille; rund um die Uhr macht sich die eine oder andere Lärmquelle bemerkbar. Selbst in der Wildnis oder in unseren Nationalparks dauert ein lärmfreies Intervall bei Tageslicht im Durchschnitt keine fünf Minuten. Meiner Einschätzung zufolge schrumpft die Zahl stiller Orte weit rascher als die Zahl aussterbender Spezies. Heute dürfte es in den Vereinigten Staaten kaum noch ein Dutzend stiller Orte geben.[12]

Viele Naturalisten weisen darauf hin, wie sehr das Verschwinden solch stiller Orte unmittelbar mit dem Aussterben einzelner Spezies zusammenhängt. Insbesondere Vögel leiden unter dem Lärm, den wir an jenen Orten veranstalten, die sie mit uns zu teilen gezwungen sind; allerdings werden auch andere Lebensformen, vom Wal bis zur Biene, unangenehm von unserem Lärm berührt. Als wäre die Denaturierung der Biosphäre durch von Flutlicht erhellte Golfplätze oder durch das Kreischen von Kettensägen nicht genug und als könnte die Verbreitung hässlicher, unter Hochdruck arbeitender Natriumdampflampen und der vielen Windfarmen, die, wie Hempton schrieb, »oft an zuvor stillen Orten ... ein unglaubliches Getöse« erzeugen, unser kollektives Ego nicht ausreichend befriedigen, müssen wir wahllos auch noch die Luft denaturieren, das Wasser und die Erde, von denen doch alles Leben abhängt, wie John Wargo in der Einführung zu seinem 2009 erschienenen Buch *Green Intelligence* schrieb:

Jahr für Jahr beschmutzen kommerzielle Produkte unsere Umwelt mit Abermilliarden Kilogramm Chemikalien, während weitere Billionen Kilogramm zusätzlicher Gifte als Nebenprodukte von Verbrennungsmotoren oder als reiner Abfall in die Atmosphäre gelangen, auf die Erde, ins Grundwasser, in die Ozeane oder in den Boden. Oft ist die Unterscheidung zwischen kommerziellen Chemikalien und Schadstoffen nur eine Frage der Zeit, wenn etwa einst gefragte Produkte ihren Nutzen verlieren, entsorgt werden und langsam verrotten, wobei sie ihre Inhaltsstoffe an die Umgebung abgeben. Unsere globale Ökonomie konzentriert unverarbeitete Chemikalien und vermengt sie zu Millionen von Produkten, die über die Märkte verteilt und dann aufs Neue in Mülldeponien oder Müllverbrennungsanlagen gesammelt werden, um dort ihr Gift wieder auf unkalkulierbare Weise an Luft, Boden und Wasser abzugeben.[13]

Natürlich ist nichts davon neu. Vielmehr sind wir der Last umweltpolitischer Bedenken ebenso überdrüssig wie unseres Mitgefühls für Kriegswaisen und Hungerleidende. Allerdings überrascht die Rhetorik von ›nachhaltigem Wachstum‹ und ›nachhaltiger Entwicklung‹, wie sie von vielen zu hören ist, die immer noch behaupten, ihnen läge etwas an dieser mit Himmel randvollen Erde. Nur ein Beispiel: Die meisten wissen, dass kaum etwas unser Klima so sehr belastet wie die Agrarwirtschaft, und doch besteht unsere Reaktion darauf nicht bloß darin, rein gar nichts gegen den künftigen Schaden zu unternehmen (oder, wie Wargo anmerkt, wir geben uns mit bloß kosmetischen Vorgaben zufrieden, deren Einhaltung zudem meist freiwillig ist), nein, wir subventionieren diese Übeltäter auch noch mit riesigen Summen aus dem Steuerhaushalt oder mit Konsumentengeldern, damit sie auf ihren Ländereien vorgeblich erneuerbare Energien einsetzen, die letzten Endes den Schaden nur vermehren. Diese Politik kann man ehrlicherweise nur verrückt nennen, und doch wird sie von vermeintlich ›grünen‹ Politikern und von mancher Nichtregierungsorganisation leidenschaftlich verteidigt oder gelobt. Mag sein, dass diese Leute trotz aller Recherchen, ihrer Beamten und der Unterstützung durch ihre Verwaltungen schlichtweg nicht wissen, was sie tun. Vielleicht sind sie aber auch in den ›Visionen für unsere Zukunft‹ eines Werbefachmannes gefangen, laut denen, was immer auch sonst geschehen mag, die Geschäfte weiterlaufen wie bislang, wodurch ein Worst-Case-Szenario verhindert wird, dieser Alptraum der Superreichen (von diesen meist ›Anarchie‹ oder ›Chaos‹ genannt). *Vision* ist stets ein schwieriges Wort und wird heutzutage fast nur noch von Managern und Meinungsmachern benutzt, weshalb man es wohl besser meiden sollte. Womöglich sollten wir uns stattdessen lieber eingestehen, dass wir kein ›nachhaltiges Wachstum‹ brauchen, keine ›grüne Ökonomie‹, sondern eine Philosophie, die, über kommerzielle und soziale Belange hinaus, umfänglich und fantasiereich das Zusammentreffen von Zeit und Raum an jedem Lebensort ehrt, ob flüchtig oder ewig. Mit anderen Worten: Vielleicht wird es Zeit für *Ikebana*.

Denn so wie Zeit und Raum Abstraktionen sind, die am gelebten Ort zusammenfallen (dem Hier und Jetzt und dessen Eigenart – oder Abwesenheit – des ›Da-Seienden‹), so eint im Herzen von *Ikebana* die essentielle Koinzidenz (von *coincidre*, einem astronomischen Begriff aus dem mittelalterlichen Latein) das ›zufällige Zusammenfallen‹ zweier gleichermaßen gefährlicher Abstraktionen: ›Form‹ und ›Nichts‹, um einem ›jetzigen‹, so temporalen wie räumlichen Moment des Ist-Seins Ausdruck zu verleihen. Zuvorderst aber existiert ein *Ikebana*-Arrangement auf drei verschiedenen Ebenen: Himmel, Erde und dem Dazwischen, dem menschlichen (sprich sterblichen) Raum; und die philosophische Wertschätzung dieser Kunstform verlangt, dass wir nicht nur die Schönheit diese ›Arrangements‹ begreifen, sondern auch die ihm innewohnende Gerechtigkeit. Natürlich wird dieses Arrangement nicht absichtlich in etwa jenem Sinne kreiert, wie jemand aus dem Westen das Arrangement von Blumen verstehen könnte; vielmehr sind dafür ein jahrelanges Studium Voraussetzung, Distanz sowie das Aufgeben allen überlieferten Wissens, das es erlaubt, die spontane Koinzidenz von Leere und Form wahrzunehmen. Und wie der Punkt, an dem Zeit und Raum zusammenfallen, sowohl jene Abstraktionen transzendiert, die jenes spezifische wie flüchtige Beispiel des Hier und Jetzt schaffen, wodurch belebtes Wohnen erst möglich wird, so liefert *Ikebana* mit dem Zufall von Form und Leere ein physisches Beispiel für jenen spezifischen und ephemeren Zustand *ma*, der so schwer zu fassen ist, da er sich jeder Übersetzung entzieht (der in diesem Zusammenhang oft genannte ›negative Raum‹ genügt schlichtweg nicht). Über das Spiel von Form und Nichts zu reden, fällt notorisch schwer (Nāgārjuna sagt: »Die Siegreichen haben verkündet, die Leere sei das Aufgeben aller Ansichten; von jenen aber, über die es heißt, sie seien von der Idee der Leere besessen, sagt man, sie seien ›unkorrigierbar‹«), und doch lässt sich dieses Spiel leicht im spontanen Kunstwerk entdecken, dem natürlichen ›Objekt‹ in seinem ureigenen Element, sogar in der Dynamik eines guten Gesprächs, in dem nur Worte aus der zugrundeliegenden Stille des Zuhörens auftauchen und sich ausschließlich aufeinander beziehen. Vielleicht kann man so etwas am besten in der Praxis der *Ars Moriendi* ausmachen, für die diese Empfindung des *ma* so wichtig ist, dass sie, falls sie nicht bereits vorhanden sein sollte, immer aufs Neue geschaffen werden muss.

Der unmittelbare Gegensatz zum *ma*-Zustand ist das ungeordnete Wirrwarr. Musikberieselung, das Hamsterrad in seinen Myriaden Ausdrucksformen, Lichtverschmutzung, Himmelsglühen und -funkeln, sinnloser Konsum, Outlet-Center, Audioguides in Museen. Selbst bei Ikebana ist *ma* selten, und möglicherweise sind wir längst so denaturiert, dass wir es nicht mehr wahrnehmen, doch gehört zum Geschenk eines Schneefalls wie auch zum Geschenk des nahenden Todes, dass es nicht nur einen weißen Raum schafft, der all den üblichen Müll tilgt, sondern wie bei Ikebana auch einen Blick auf das ermöglicht, was im bereits erwähnten Gedicht *Der Schneemann* von Wallace Stevens »das Nichts« genannt wird, »das nicht ist, und das Nichts, das ist«. Und doch, auch wenn auf die eine oder andere Weise jeder Schneefall einem Geschenk gleicht, so wird der Blick in den ›negativen Raum‹, wie Stevens nur zu bewusst war, allein dem ›Zuhörenden‹ gewährt, der auch als ›nicht er selbst‹ beschrieben werden kann und dessen Verfassung beides ist, ›dual and dangerous‹, zwiefach und gefährlich. Mag der Zuhörende einerseits jemand sein, der das ›Aufgeben aller Ansichten‹ erreicht hat oder diesem Zustand doch zumindest nahekommt, so kann er andererseits auch jemand sein, der schon ›lange Zeit kalt‹ ist und folglich so gleichgültig wurde (was der diametrale Gegensatz zu *losgelöst* ist), dass ihm jetzt ein »Wintergeist« eignet. Der »Wintergeist« ist eine riskante Verfassung, die jener jugendlichen Fantasie ähnelt, der ich einst anhing, der Vorstellung nämlich, nicht wie der edle Captain Oates, sondern wie Gerald in *Liebende Frauen* hinaus in den Schnee zu gehen, nicht dem Nichts entgegen, sondern nur fort von einer verschmutzten und trivialisierten Welt, die er verachtet:

Eine Schwäche kam über ihn, ein furchtbares Weichwerden und Auftauen, seine Kraft war dahin. Unbewusst ließ er los, und Gudrun fiel auf ihre Knie. Sollte er nun sehen, nun wissen?

Er war entsetzlich schwach, seine Gelenke waren wie Wasser. Ihm war zumute, als trieb ihn ein Wind; er drehte sich um und ging weg, wie betäubt.

»Ich wollte es im Grunde gar nicht«, war das letzte Bekenntnis seiner Seele in ihrem Ekel, als er den Abhang hinaufschlich, am Ende aller seiner Kraft, nur halb unbewusst vor jeder künftigen Berührung ausweichend. »Ich habe genug – ich will schlafen. Ich habe genug.« Ein Gefühl von Übelkeit drückte ihn zu Boden.[14]

Auf den ersten Blick halten wir Geralds Verschwinden im Schnee nur für ein Eingeständnis des Scheiterns. Ist es aber nicht mehr? Ließe sich dieser verzweifelte Entschluss, der einen angewiderten Menschen dazu bringt, das unübersehbare Wirrwarr seiner längst hoffnungslos trivialisierten Welt zu verlassen, nicht auch als eine edle, wenn auch auf gewisse Weise perverse Tat verstehen? Anders als der Südpolarforscher Oates, der geht, um seinen Kameraden nicht länger zur Last zu fallen (vgl. Seite 66 f.), geht Gerald, weil er sich der für seine Zeit typischen Dekadenz verweigert. Er erträgt das

Weichwerden nicht länger, die Schwäche, die sich zu Wasser verflüssigenden Gelenke, die Übelkeit: ein Zustand, der nur schlimmer werden kann und ihn zutiefst demütigte, sollte er bleiben und Gudruns Häme und Loerkes Hass aufs Ideale weiterhin erdulden. Lieber geht er fort und lässt sich von einem Schneesturm auslöschen, als weiterhin in dieser wirren, hässlichen Welt zu leben.

Und doch gibt es auch eine andere Antwort auf den wirren Wust dieser Welt, und mir scheint, in Brueghels und Avercamps Eislaufszenen wird sie spontan, mit großem Humor und mit derselben Wertschätzung für *ma* gegeben, wie wir es von Ikebana kennen. Durch die Feier des neugewonnenen öffentlichen Raumes unterscheiden sich die Landschaften der kleinen Eiszeit von den Darstellungen der Frostmärkte auf der Themse mit ihren Verkaufshütten und Saufbuden. Sicher, diese Szenen zeigen oft überfüllte Flächen, doch sind die Menschen meist in Bewegung, und wir ahnen, dass das Eis bei Anbruch der Nacht (oder einsetzendem Tauwetter) wieder sauber und geräumt sein wird. Niemand beansprucht ein zugeteiltes Grundstück für sich, niemand eröffnet einen Laden, um nutzlose Souvenirs feilzubieten; bei diesem Tagesvergnügen wird kein Grund und Boden besetzt, die Luft nicht verschmutzt. Die gefrorene Themse hingegen wird für die Dauer der Frostmärkte zu einer Aneinanderreihung von wirren, verpesteten Flächen, die Anlass zu allerlei Handel bieten, der per definitionem weitere Möglichkeiten ausschließt, vor allem aber jene der freien Bewegung. Es wäre folglich nicht allzu übertrieben, wollte man behaupten, die Frostmärkte hätten der Fantasie kaum mehr als eine Shopping Mall geboten (oder als einen dieser auf alt getrimmten ›Straßenmärkte‹, die nur ersonnen wurden, um irgendwelchen Tinnef oder ›handgefertigte Kunst‹ an Touristen zu verkaufen), wohingegen der Umgang der Eisläufer mit dem neu entdeckten, temporär demokratischen Raum jedes spontane *ma* der Eisflächen nicht nur nicht verhindert, sondern sogar noch verstärkt. Die einen nutzen das gefrorene Eis als Gelegenheit für den Handel und für die Ausübung sozialer Privilegien, die anderen als improvisierten Raum für imaginatives Spiel; und Räume der letzteren Art machen sich, wie wir aus der Geschichte wissen, das Potential eines demokratischen Geistes nur allzu bereitwillig zunutze.

Britische Küstenstädte assoziiert man oft mit Ruhestand und dem Gedanken einer ›letzten Zuflucht‹. Die Melancholie dieser Orte bringt Nathan Coleys freistehende, illuminierte Textskulptur in der Tontine Street zum Ausdruck: Heaven Is A Place Where Nothing Ever Happens (Der Himmel ist ein Ort, an dem nie etwas passiert). Formal suggeriert das Werk die Erwartung von Trubel und Aufregung, beschwört dabei aber auch das Küstenstädten eigene Gefühl von Ennui herauf. Die weißen Glühbirnen, elegant und kitschig zugleich, lassen ebenso an den Glamour der 1970er-Discos wie an eine Rummelatmosphäre denken.

Einmal, als sie während einer Jagd Rast machten, kam unter den Fianna-Finn ein Streitgespräch darüber auf, was denn wohl die schönste Musik auf der Welt sei.
»Sag du es uns«, wandte sich Fionn an Oisín.
»Der Kuckuck, der vom höchsten Ast in der Hecke ruft«, erwiderte sein Sohn frohgemut.
»Ein guter Ton«, sagte Fionn. »Und du, Oskar«, fragte er, »was ist für dich die schönste Musik?«
»Die allerschönste für mich ist der Widerhall eines Speers, der ans Schild schlägt«, rief der stämmige Bursche.
»Fürwahr ein guter Ton«, sagte Fionn.
Und auch die übrigen Helden erzählten daraufhin, was ihnen gefiel: das übers Wasser schallende Röh-

ren eines Hirschs, das melodische Kläffen einer Meute in der Ferne, der Gesang einer Lerche, das Lachen einer glücklichen, das Flüstern einer verliebten Frau.

»Durchaus gute Töne«, sagte Fionn.

»Sag uns, Häuptling«, wagte sich einer von ihnen schließlich vor, »was ist für dich die schönste Musik?«

»Die Musik dessen, was geschieht«, erwiderte Fionn, »das ist die schönste Musik auf der Welt.«

Lebt man nur lang genug, wird einem irgendwann jemand sagen, die Zeit sei wie ein Fluss – eine leidlich angenehme Vorstellung, solange man nicht allzu genau drüber nachdenkt (und ehrlich gesagt, wir denken doch selten genau über das nach, was andere Leute sagen, sofern wir ihnen überhaupt zuhören). Die Zeit ist ein Fluss, eine, wie gesagt, leidlich angenehme Vorstellung, solange sie unbeschwert von jeglicher Bedeutung bleibt, ansprechend in ihrer Leichtigkeit und beliebt vor allem bei den Alten, den leicht Beduselten wie auch bei jenen, die, meist erst kürzlich, beschlossen haben, dass zu viel Nachdenken nur zu Komplikationen führe. Natürlich muss zugegeben werden, dass all dies durchaus akzeptable, womöglich gar unvermeidliche *Metiers* in einer Welt sind, die sich der Bereicherung eines einzigen Prozentes ihrer Bevölkerung verschrieben hat. Lebt man nur lang genug, wird man jedenfalls alt, und mildes Beduseltsein mag sich durchaus als bester Umgang mit der Malaise der Langlebigkeit erweisen; allerdings müssen wir annehmen, dass es viele wie uns gibt, die, vom unerbittlichen inneren Monolog ermüdet, die Strapazen des Denkens gelegentlich meiden. Wie sonst könnten wir die rapide Verbreitung von Malbüchern zur Entspannung und die geistlosen Hollywood-Blockbuster erklären? Wie Instagram? Wie Facebook? *Twitter*?

Und doch, angenehm wie die Vorstellung auch sein mag, die Zeit ist kein Fluss. Sie fließt nicht, höchstens in Filmen, in denen sich Uhrzeiger in beachtlichem Tempo drehen oder der Wind in rascher Folge die Blätter eines Kalenders abreißt, während der Frühling zum Sommer wird und die Liebenden allzu bald wieder vereint sind. Zeit vergeht nur zäh, Zeit gerinnt und ruckt, Zeit stockt im Geiste wie Marmelade im Einmachglas. Dann wieder schwindet sie völlig, löst sich in Luft auf, ohne dass vom Wind verwehte Blätter ihr Verstreichen markieren. Am schlimmsten aber ist, dass die Zeit verharrt und sich nicht vom Fleck rührt, dass sie zehn, zwanzig oder fünfzig Jahre, nachdem sie lang vergangen sein sollte, wie ein ungeliebtes Haustier in der muffigsten Ecke des Geistes hockt und dabei leise, doch stetig vor sich hin wimmert oder ein altes Spielzeug malträtiert, ein Stofftier, dessen ursprüngliche Gestalt man längst vergessen hat, es in Fetzen reißt, ohne es je gänzlich zu entsorgen. Dies ist gewiss die passende Gelegenheit, sich auf die Disziplin der *Ars Moriendi* einzulassen, sich mit der im Grunde schönen Idee zu befassen, dass erstens jeder Tod ein Geschenk an die nachfolgende Generation ist, kein Verlust für die jetzige (Sterblichkeit ist der offensichtlichste gemeinsame Nenner, den wir mit allen anderen auf der Welt teilen); und dass wir zweitens, je nachdem, wie weise wir sind, dieses Geschenk nicht nur willentlich, sondern auch von ganzem Herzen geben.

Wenn ich sage, dass wir anderen nicht zuhören, meine ich natürlich nicht, dass wir ihre Worte gänzlich abblocken (was übrigens gar nicht so einfach ist). Meist blenden wir sie nur aus und hören allein den Ton, so wie uns Babys hören oder Hunde. Hin und wieder mag ein echter Freund zu uns durchdringen, woraufhin uns meist mit Macht bewusst wird, dass andere Menschen auch einen Verstand haben, der mehr oder minder mit dem unseren vergleichbar ist – ein Moment, der in uns womöglich eine kleine Welle der Sympathie auslöst, des Mitgefühls, müssen wir doch einsehen, dass es reines Wunschdenken war, als wir zu dem Schluss kamen, dass die anderen eigentlich kaum nachdenken, dass die Laute, die sie in all jenen Gesprächen, die wir in vielen Jahren dösend überdauerten, von sich gaben, mehr als nur ein Hintergrundrauschen gewesen sein müssen. Für einen Moment wird uns mit schlechtem Gewissen und voller Mitgefühl bewusst, dass sie, diese Lieben, es *wirklich* versucht haben. Und ein, zwei Augenblicke lang, die Zeit in den Adern kristallisiert wie alter Honig, erinnern wir uns an etwas, das wir selbst in einem unbedachten Moment gesagt haben, als im Gespräch eine entsprechende Entgegnung angebracht schien, und wir bedauern zutiefst, dass wir es gesagt haben, wissen wir doch, dass wir es damals mit an Sicherheit grenzender Wahrscheinlichkeit tatsächlich so gemeint haben – dass wir es ernst meinten –, obwohl wir im selben Augenblick schon ahnten, dass Schweigen vermutlich die bessere Wahl gewesen wäre.

*

Wenn Geralds Verschwinden im Schneesturm (eine willentliche, wenn auch unvorbereitete Akzeptanz des Todes, die dennoch *kein* Selbstmord ist), wenn dieser besondere Tod in einem eisigen Elysium mein mir liebster Moment in der Literatur ist, so ist mein bevorzugter Augenblick in der publizierten Geschichtsschreibung jener verzweifelte Moment, da Captain Scott folgenden Eintrag in seinem Tagebuch machte:

Freitag, 16. oder Samstag, 17. März 1912

Ich bin mir über das Datum nicht ganz klar, glaube aber, das letztere wird richtig sein.

Die Tragödie ist in vollem Gang. Vorgestern erklärte der arme Oates, er könne nicht mehr weiter, und er machte uns den Vorschlag, ihn in seinem Schlafsack zurückzulassen. Davon konnte natürlich keine Rede sein, und wir bewogen ihn, uns noch auf dem Nachmittagsmarsch zu begleiten. Es muss eine entsetzliche Qual für ihn gewesen sein! In der Nacht wurde es mit ihm schlechter, und wir sahen, dass es zu Ende ging.

Sollte dieses Tagebuch gefunden werden, so bitte ich um die Bekanntgabe folgender Tatsachen: Oates' letzte Gedanken galten seiner Mutter; unmittelbar vorher sprach er mit Stolz davon, dass sein Regiment sich über den Mut freuen werde, mit dem er dem

Tod entgegengehe. Wir drei können seine Tapferkeit bezeugen. Wochenlang hat er unaussprechliche Schmerzen klaglos ertragen und war tätig und hilfsbereit bis zum letzten Augenblick. Bis zum Schluss hat er die Hoffnung nicht aufgegeben – nicht aufgeben wollen. Er war eine tapfere Seele, und dies war sein Ende: Er schlief die vorletzte Nacht ein in der Hoffnung, nicht wieder zu erwachen; aber er erwachte doch am Morgen – gestern! Draußen tobte ein Orkan.

»Ich will einmal hinausgehen«, sagte er, »und bleibe vielleicht eine Weile draußen.« Dann ging er in den Orkan hinaus – und wir haben ihn nicht wiedergesehen.

Ich nutze die Gelegenheit, um an dieser Stelle festzuhalten, dass wir uns bis zuletzt um unsere kranken Kameraden gekümmert haben. Im Falle von Edgar Evans, als wir überhaupt nichts mehr zu essen hatten und er bewusstlos dalag, hätte die Sicherheit der Mannschaft wohl verlangt, ihn sich selbst zu überlassen, doch in ebendiesem kritischen Moment hat ihn das Schicksal gnädig dahingerafft. Er starb eines natürlichen Todes, und bis an die zwei Stunden nach seinem Tod haben wir ihn nicht im Stich gelassen. Wir wussten, dass der arme Oates in seinen Tod lief, und auch wenn wir versuchten, ihn davon abzuhalten, wussten wir doch auch, dass es die Tat eines tapferen Mannes und Engländers war. Wir alle hoffen, dem Ende in einem ähnlichen Geiste entgegenzugehen, und dieses Ende ist fraglos nicht mehr fern.[15]

Ich kann nur absatzweise schreiben. Die Kälte ist ungeheuer, mittags –40° C. Meine Kameraden sind heiter, aber wir sind drauf und dran, zu erfrieren, und obwohl wir beständig davon reden, dass wir uns doch noch durchschlagen werden, glaubt es im Herzen keiner mehr.[16]

Als Junge habe ich Lawrence Oates für seinen Mut natürlich bewundert, für seine Bereitschaft zur Selbstaufopferung. Ich malte mir aus, wie er in das heftige Schneegestöber hinausging, nachdem er sich in den Tagen zuvor für diesen Gang mental wie spirituell ausreichend vorbereitet hatte. Um ihn herum heulten die heidnischen Windgeister, Gottheiten, die wir nur grausam finden, weil sie in der menschlichen Existenz nun mal eine bestimmte Rolle spielen. Doch wenn uns schon jemand – allein und unausweichlich – ins Nichts des Todes begleitet, wäre es da nicht besser, wir hätten einen wilden Windgeist an der Seite und nicht einen dieser nichtssagenden Wächter in weißem Kittel mit unmöglichen Flügeln? Alle Männer aus Scotts Mannschaft sahen dem Ende gefasst entgegen, mit Stolz, Mut und voller Sorge um ihre Kameraden; ein jeder ging allein in die Leere, ohne jede besondere Gnade. Zweifellos hat sich jeder so gut wie möglich auf sein Ende vorbereitet. Wenige Tage, nachdem Oates das Zelt verlassen hatte, schrieb Scott einen letzten, typisch wortkargen, doch sehr bewegenden Eintrag in das Expeditionstagebuch:

Seit dem 21. hat es unaufhörlich aus Westsüdwest gestürmt. Am 20. hatten wir noch genügend Brennstoff für zwei Tassen Tee pro Mann und genug für zwei Tage zu essen. Jeden Moment waren wir bereit, nach unserm bloß 20 Kilometer entfernten Depot zu marschieren, aber draußen vor der Zelttür ist die ganze Landschaft ein wirbelndes Schneegestöber. Wir können jetzt nicht mehr auf Besserung hoffen. Aber wir werden bis zum Ende aushalten; der Tod kann nicht mehr fern sein.

Es ist ein Jammer, aber ich glaube nicht, dass ich noch weiter schreiben kann.[17]

Und dann fügte er als Postskriptum dieselbe Nachricht hinzu, die er auf den letzten Seiten seines Tagebuches bereits mehrfach wiederholt hatte, nicht so sehr seinetwegen (für seine Familie war gewiss gesorgt), sondern seinen Kameraden zuliebe:

Um Gottes willen – kümmert euch um unsere Hinterbliebenen![18]

Ich kann nicht anders als anzunehmen, dass dies wohl die schwierigste Expedition war, die er je unternommen hatte, der schreckenserregende Blick in eine Zukunft, die diesen Blick teilnahmslos erwiderte, nichts offenbarte, nichts preisgab. Die Erfahrung lehrt, öffentlichen Mythen nicht allzu sehr zu vertrauen, ob diese sich nun um die ›oberen Zehntausend‹ drehen oder um jene, die aus Propagandazwecken zu Helden gemacht werden, doch neige ich dazu – oder entscheide mich dafür –, Robert Falcon Scott für einen im konventionellen Sinne tapferen Mann zu halten; und die Angst, die ich ihm zuschreibe, ist die Angst um ›unsere Leute‹ während jener letzten Tage, als alles in dieser Hinsicht gänzlich außer seiner Macht lag und allein das grausigste aller Phantome, die Zukunft, im Schneesturm auf ihn lauerte. Was natürlich nur beweist, dass – je nachdem, wer sie empfindet – sogar Angst edel sein kann.

★

Zu den Aufgaben der Mythen zählt es, Zukunft auf eine Weise geschehen zu machen, die der Vergangenheit nachträglich eine Absicht unterlegt, welche diese nie gehabt hat. So wird sie in eine Raumzeit verwandelt, die man, wenn auch nicht im fundamentalen Sinne, dann doch für mehr oder minder wahrheitsgetreu halten könnte – fast wie ein pädagogisches Geschenk, das Kinder zu Weihnachten bekommen und das sich, wie man es auch anstellt, erst zusammensetzen lässt, nachdem man die Anleitung fortgeworfen und von Grund auf neu begonnen hat. Jetzt allerdings folgt man allein dem Gefühl, denn das eine Stück, das stets übrigblieb, war der gewisse Hinweis darauf, dass etwas nicht stimmte.

Irgendwann sieht das solcherart Zusammengesetzte dann vielleicht tatsächlich wie der Taj Mahal aus, ein Gebäude, welches das Kind im wahren Leben nie gesehen hat, weshalb sein zeitweiliges Gefühl der Befriedigung auch wichtiger ist.

# Himmel

(über das Verlieren)

Es ist ein windiger Tag, wie eine Banshee heult oben irgendwo ein schadhafter Lüfter, während die Patienten im Wartezimmer des Landarztes, ausnahmslos in verschiedenen Schattierungen von Dunkelbraun, Pestpink oder Pergamentfleckig gekleidet, schniefen und schnupfen und die *Gardeners' World* durchblättern, dabei aber immer nur einen Blick auf die Bilder werfen und nie innehalten, um etwas zu lesen. Plötzlich wabern – ausgerechnet – die Anfangstöne von Metallicas *Fade to Black* aus der gegenüberliegenden Ecke herüber, und erst glaube ich, die Musik kommt über die Lautsprecher (fraglos das Neuste und technologisch Modernste im ganzen Gebäude), was einen Moment lang zu einiger Verwirrung führt, die in ihrem Ausmaß nur *existentiell* genannt werden kann, ein flüchtiger Blick ins schwarze Loch, das hinter jedem gewöhnlichen Mittwoch wie ein undeutlicher, kaum ausgeformter, letztlich aber erdrückender Dämon lauert. Endlich begreife ich, dass die Musik von einem Handy kommt: ein Klingelton, den sich – wie sich jetzt herausstellt – ein dunkelhaariges, etwa siebzehn Jahre altes Mädchen auf ihr Samsung S7 heruntergeladen hat, das sie nun hastig aus der Tasche fischt, um leicht beschämt den Anruf zu beantworten, während die übrigen Patienten im überheizten Wartezimmer so tun, als würden sie das Mädchen nicht für einen Fluch halten, der über ihren ansonsten so ereignislosen Nachmittag hereingebrochen ist.

Ein flüchtiger Blick. Ein *Augenblick. Coup d'œil.* Was wir nie recht wahrnehmen, bleibt; was wir nur flüchtig sehen, haftet in der Erinnerung; nicht als etwas, das wir verloren, sondern als etwas, das wir nie ganz besessen haben, wodurch es einen größeren Zauber entwickelt als alles, was zu behalten uns gestattet ist, jene Objekte inbegriffen, die durch ihren Verlust einen ganz eigenen Glamour gewannen. Die junge Frau, die ich eines Morgens auf dem Hof der Winchester Cathedral sah, damals, als ich in der Stadt wohnte: Ich ging zur Arbeit; sie war in einer Gruppe von Freunden, vielleicht auch Kollegen, und wie durch ein Wunder tauschten wir *den Blick* aus, ehe wir (widerstrebend, wie ich hinzufügen möchte) unserem jeweiligen Tag entgegengingen. Den Druck eines Bildes von Hasui, den ich eines Abends in Amsterdam in einem Schaufenster sah, das Einzige, was ich je wirklich *haben* wollte, doch dann wurde ich am nächsten Morgen gerade lange genug aufgehalten, dass jemand anderes den Laden betreten und das Bild nur eine halbe Stunde, ehe ich selbst eintraf, an sich nehmen konnte. Wie schön sie geworden sind – diese junge Frau, das Blatt bedruckten Maulbeerpapiers –, weil sie nie wiedergesehen wurden! Sicher, diese Bilder, die ich im Hinterzimmer meines Geistes ans Licht halte, sind so ganz anders als die Frau, hätte ich sie kennengelernt und wären wir ein Paar geworden oder auch nur Freunde, ganz anders als Hasuis Bild, hätte es die letzten dreißig Jahre an der Wand meines Arbeitszimmers gehangen. Auf diese Weise aber funktioniert die Zeit in der langen Version des Verlustes. So wie auch das Glück – dringt man zu dieser Disziplin vor – nichts im Vergleich mit unserer Vorstellung von Glück ist, welche man in den Tagen vor dem Verzicht auf alle Wünsche hegte, die uns eine Last waren. Denn letztlich verzichten wir nur auf ebenjenen Geisteszustand, in dem die falschen Begrifflichkeiten des Glücks geprägt werden.

★

In seinem Gedichtband *Cose leggere e vaganti* (*Leichtes und Flüchtiges*) veröffentlichte Umberto Saba 1920 das Gedicht *Mezzogiorno d'inverno*, mit dem er besser als mit jedem anderen den Schmerz des Verlustes so vollkommen einfängt, dass ich es, seit ich es vor vierzig Jahren zum ersten Mal las, nie wieder vergessen habe – auch wenn das Bild, um das es sich dreht, das Bild eines Ballons, der sich aus dem Griff eines Jungen löst und über einen gut besuchten Platz davonschwebt, dem Urklischee von Verlust so nahekommt wie kaum etwas anderes in der Geschichte der Literatur. Man erinnert sich gerne an die Szene in Albert Lamorisses Kurzfilm *Le ballon rouge*, in der der Junge Pascal von einigen Nachbarkindern durch die Gassen von Paris gehetzt wird, die, als sie ihn schließlich einholen, mit Zwillen auf seinen roten Ballon schießen, bis der, in einem gespenstischen Moment der Stille, aufzugeben scheint, langsam zu Boden sinkt und dort nahezu reglos verharrt, bis ihn einer der Jungen in den Dreck tritt. Pascals Reaktion auf diesen *Coup de grâce* bekommen wir nicht zu sehen, stattdessen zeigt uns die Kamera zwei Kinder, die durch eine ganz andere Straße laufen und deren zwillingsblaue Ballone sich plötzlich losreißen und davonfliegen, fast, als würden sie gelenkt; gleich darauf reißen sich überall in der Stadt Ballone jedweder Farbe aus den Händen ihrer Besitzer und steigen über die Dächer auf oder schweben – wobei es seltsamerweise aussieht, als besäßen sie einen eigenen Willen – zielgerichtet durch die Straßen, manchmal ein halbes Dutzend oder mehr, bis sie kurze Zeit später auf unseren entzückten Helden niedergehen. Eine derartige Entschädigung ist in einem Film über Kinder zweifellos verständlich und wird sicher jene trösten, die, wie der Kinderbuchautor Chris Raschka, glauben: »Wenn einem Kind der nahende Tod bewusst wird und es Gelegenheit bekommt, die eigenen Gefühle zu malen, malt es oft einen blauen oder roten Ballon, der losgelassen wird und frei davonschwebt.«[1]

Saba bietet keine Wiedergutmachung und keinen Trost; das Kind lockert nur kurz den Griff, und der Ballon fliegt davon:

un turchino vagante palloncino
nell'azzurro dell'aria, ed il nativo
cielo non mai come nel chiato e freddo
mezzogiorno d'inverno risplendente.[2]

ein dahinwehender dunkelblauer (turchino) Ballon
in hellblauer (azzurro) Luft,
der heimische Himmel nie so klar und kalt
wie an diesem glitzernden Winternachmittag.

Dem Gedicht ist daran gelegen, den Kontrast zwischen dem Ballon und dem Himmel zu minimieren: Sie sind beide *blau* (der eine im Ton nur etwas heller als der andere), obwohl im Bildsinne ein stärkerer Kontrast (etwa Rot auf Blau) effektiver wäre. So aber scheint der Ballon schon fast zum Himmel zu gehören und wird unvermeidlich zu ihm hinaufgezogen, vorbei an:

i vetri delle case al sol fiammanti,
e il fumo tenue d'uno due camini[3]

den in der Wintersonne blitzenden Hausfenstern
und dem dünnen Rauch aus ein, zwei Schornsteinen

und weiter:

tra il Palazzo
della Borsa e il Caffè dove seduto
oltre i vetri ammiravo io con lucenti
occhi or salire or scendere il suo bene.[4]

zwischen dem Palast,
der Börse und dem Café, von wo ich,
durch ein Fenster, mit glitzernden Augen
Aufstieg und Fall des verlorenen Geschenks verfolge.

Das Gedicht endet mit diesem Bild, das den Sprecher des Gedichtes zeigt, einen Mann, der offenbar einen geliebten Menschen verloren hat und der den blauen Ballon in den blauen Himmel aufsteigen sieht; das Kind dagegen verleiht seinem Kummer über den großen Verlust mit Worten Ausdruck – einen Verlust so groß wie nur irgendeiner, den das lyrische Ich aus eigener Erfahrung anzubieten vermag –; eigentlich aber zielt das Gedicht auf die scheinbare Unvermeidlichkeit des Verlustes, während das, was dem Himmel angehört, wenn auch nur bildlich gesehen, ins weite Blaue schwindet, und das, was der Zeit angehört – eine verlorene Liebe, ein Augenblick vergangenen Glücks – im unauslotbaren Lauf der Zeit untergeht.

★

In einem seiner schönsten Gedichte (*The Buried Life*, 1852 verfasst) beklagte Matthew Arnold, dass unsere Erfahrung dieser Welt in eine äußere, soziale Existenz und in ein ›vergrabenes Leben‹ geteilt ist, dessen ›wahrem, eigentlichem Lauf‹ wir anscheinend nicht folgen können. Für den großen Dichter, »Demokrat nicht nach Temperament, doch nach Überzeugung« (so seine Freundin Florence Earle Coates), steigt die Melancholie »aus Luft und jenen flüchtigen Echos« auf, die aus der unterirdischen Tiefe »… wie aus einem unendlich fernen Land« zu uns dringen, und das Gedicht beschreibt die Sehnsucht, »das Geheimnis dieses Herzens zu erkunden,/das so wild und tief in uns schlägt«.[5] Mit den letzten Worten des Gedichts behauptet Arnold charakteristischerweise, wir seien in der Lage, diesem vergrabenen Leben Ausdruck zu verleihen, zumindest in einem gewissen Maße, wenn »nur – und dies geschieht selten –/eine geliebte Hand sich in unsere legt«.[6] Das ist rührend und sehr der Zeit verhaftet, doch ist es auch jenes eine Element in seiner Argumentationskette, das ich, wenn nicht hinterfragen, so doch erweitern möchte. Womit Nachstehendes und nichts weiter gesagt sein will: dass die Erfüllung, die sich Arnold erhofft, nicht allein durch die geliebte Hand kommt, die sich in unsere legt, sondern auch durch die unvermeidliche Geste, die auf diese Berührung folgt, die Geste – ohne Hast ausgeführt, kaum wahrnehmbar –, mit der die Hand wieder aus den Fingern des geliebten Menschen gleitet und stattdessen nur eine Blutwärme zurücklässt, die langsam, doch wahrnehmbar im Laufe eines langen, exquisiten Moments verfliegt. Es ist ebendieser Augenblick der Trennung, der bestätigt, was Saba in *Mezzogiorno d'inverno* über das Wort ›glücklich‹ (»felice«) schrieb, dass es nämlich ein großes, furchterregendes Wort sei (»parola grande e tremenda«),[7] ein Wort, das zu gebrauchen uns nur freisteht, wenn wir für diese Anmaßung die Vergebung eines Gottes erflehen.

★

Als Junge hatte ich die leichteste Zeitungsrunde der Welt. Ich brauchte jeden Tag nur eine einzige Zeitung – und donnerstags noch ein Magazin – zu einem Haus zu bringen, das allein an der Old Perth Road stand, knapp eine halbe Meile von jener Fertighaussiedlung entfernt, in der ich mit meinen Eltern wohnte. Für meine Runde brauchte ich kaum Zeit, da es bis zum Haus nicht weit war; und ich beeilte mich jedes Mal; trotzdem war die Sache nicht ganz so einfach, da das Haus jenseits der Grenze lag, die mein kindlicher Verstand wie eine Art Schutzzaun um unsere Siedlung gezogen hatte. Das Haus stand somit gleichsam in einem Land fremd wie die Vergangenheit, und »man macht die Dinge anders dort«[8]. Ich war der unerschütterlichen Auffassung, dass dieses Haus jemandem gehörte, der einst reich gewesen war, sich dann aber entschieden hatte, die Stadt zu verlassen und fort von Familie und Freunden zu ziehen, um auf einem schmalen, von Haferfeldern umstandenen Grundstück auf jener Seite der Perth Road zu wohnen, die für mich die falsche war – womit es jenseits der äußersten Grenze meiner Welt lag, der Grenze dessen, was für mich die Stadt war, die Grenze sogar all dessen, was ich auch nur kennen konnte. Im Winter musste ich in der Morgendämmerung zu diesem einsamen Ort gehen; der Schnee lag in schmutzigen Placken entlang der Straße (einen Fußgängerweg gab es nicht), auf beiden Seiten erstreckten sich kahle Felder. Im Stacheldraht hingen abgerissene Wollflocken, und wenn ich kam, leuchtete im Hof kein Licht, nur die wie scheuklappenblinden Kühe standen da und starrten mich stumm aus ihren Boxen an. Ich kannte mich mit Tierhaltung nicht aus, mit Melkroutinen und dem Überwintern des Viehs – feuchter Schnee auf den Pfosten, Eiszapfen wie Angelhaken am fünfholmigen Gatter –, und direkt über dem Dach des Hauses hing der Stern aus meiner Kinderbibel – von Mars und Venus wusste ich damals noch nichts. Ich kannte nur die mythischen Sterne und Planeten aus *Griechische Mythen und Legenden* oder *Ein Kinderbuch nordischer Sagen*. Meist war die Haustür verschlossen, und ich legte die Zeitung gleich vorn auf die Veranda (einen Briefkasten gab es nicht); dann und wann aber war die Tür nur angelehnt, um Kochdampf, Fettschwaden und den süßen, schweren Duft von

Schinken und Tee nach draußen zu lassen, da sich drinnen, irgendwo im fahlen, lilafarbenen Licht der Spülküche, jemand ein Frühstück zubereitete. Den Bewohner des Hauses habe ich nie kennengelernt, kannte aber seinen Namen, *Mr. Cameron*, da der auf dem Adressetikett der Zeitung stand, die ich ihm jeden Tag brachte, und den ich dann unter Geburten, Hochzeiten und Todesfälle in der Anzeige las, die nach seinem Tod aufgegeben wurde, woraufhin das Haus monatelang leer blieb, leer, schwarz und hohl wie ein leicht übelriechender, fauliger Zahn.

★

Ein Mann sitzt in seiner Küche und hört Miles Davis oder eine Messe von Poulenc, während im dritten Stock ein anderer Mann am Fenster steht, Tränen in den Augen; die Frau in seinem Rücken geht durch die Tür auf den Flur, eine Hand an der Mund gepresst, vielleicht auch die geballte Faust, nicht, weil sie nicht verstünde, warum der Mann weint, sondern weil der nicht begreift – weil er in Wahrheit jenem Schmerz so fern ist, den er ihrer Meinung nach erleidet, sich derart einem Gefühl hingibt, das er so wenig zu benennen, teilen oder zu beschreiben weiß, dass es sie wütend macht, fast, als hätte er von Anfang an vorgehabt, sie auszuschließen, seine Geheimnisse zu wahren, obwohl sie ihm ihre doch so offenherzig anvertraute. Mit einem Mal begreift sie, dass sein Kummer nicht in der Gegenwart wurzelt, in diesem

Moment, da er sie verliert, sondern in einem ganz anderen Moment, an dem er bereits vor langer Zeit etwas ganz anderes verloren hat, etwas oder jemanden oder auch nur den Gedanken an jemanden, über den sie nichts weiß.

★

Seit dem Tag, da Freud in die Hände des puritanischen Amerikas geriet, wurde das menschliche Herz – verkappt als Geist oder, schlimmer noch, als Psyche – mehr und mehr zu einem dichten, nahezu lichtlosen Regenwald, die Flora trist, doch herrlich übelriechend, die Fauna hässlich, furchtsam und von einem rudimentären Verlangen nach Blut geplagt. Irgendwo jenseits dieses Regenwaldes aber gibt es eine Wiese, auf der eine Bö gleich dem Heiligen Geist durch einen leuchtendhellen Streifen Löwenzahn weht und die Musik dessen, was geschieht, anschwillt, schlagartig und immerdar, eine Wiese wie das Bild eines Kindes vom Himmel. Diese Wiese ist wunderschön, doch ist es nicht einfach, zu ihr vorzudringen. Wer sie finden will, muss wissen, dass das Verlieren kein passives Spiel ist, dass vieles von dem, was wir nicht halten können, eher fortgeworfen als verloren wurde und dass diese Spiele des Aufgebens und Verlassens notwendig sind – was keineswegs heißt, dass sie erklärt werden können. Derlei wussten die alten Bänkelsänger: Manche Dinge sind unvermeidlich, selbst wenn sie sich nicht jener

Logik fügen, auf der wir beharren, einer Logik, die vermeintlich all unsere intelligenten Entscheidungen bestimmt. Die Logik der Navigation. Die Logik des angepassten Geistes.

Denn es gibt Zeiten, in denen keine Logik gilt. Nehmen wir zum Beispiel die Mordballade, in der einer der Liebenden die ständige Nähe des anderen nicht erträgt und ihn deshalb ohne ersichtlichen Grund ermordet (meist ist es der Mann, der tötet). Der Tod ist nicht besonders dramatisch; oft wird ganz sachlich davon berichtet, der Text angereichert mit blutrünstigen und pathetischen Details, doch vorgetragen ohne großes Gefühl wie etwa in *The Knoxville Girl*, einer Ballade, die von einem Liebespaar erzählt, das einen Abendspaziergang unternimmt:

Wir gingen abends spazieren,
eine Meile außerhalb der Stadt;
ich hob vom Boden einen Stock
und erschlug die schöne Magd.

Sie fiel auf die Knie,
flehte um Gnade,
O Willie, Lieber, erschlag mich nicht
bin für den Tod zu schade.

Sie sprach kein Wort mehr;
ich schlug desto fester zu
bis der Boden um mich her
rot war von ihrem Blut.

Später jedoch, meist nachdem ihn das Gesetz gestellt oder jemand, den er liebt - oft die Mutter -, gefragt hat, warum er denn diese schreckliche Tat begangen habe, merkt der so verzweifelte wie verwirrte Killer, dass er keinen Schimmer hat, warum er die Maid erschlug, die er doch so »über alles liebte«[9]. Bei dieser Frage spielt die Logik nämlich keine Rolle, der Mord geschah spontan, in einem Anfall existentieller Panik (was dem Täter allerdings verborgen bleibt, da er sich, als er die Tat beging, auf geradezu außergewöhnliche Weise unbeteiligt fühlte).

Dieselbe unheimliche Distanz äußert sich im parallelen Fall der Geliebten, die ein zufälliger oder zumindest doch spontan begangener Selbstmord dahinrafft - ein Narrativ, laut dem die Selbstauslöschung der einzig ehrbare Weg zu sein scheint, jene unvermeidliche Verunstaltung einer ätherischen, fast hypothetischen Liebe zu meiden, die in einer mediokren Welt nicht aufrechtzuerhalten wäre. Der Selbstmord verwirft in der Liebe alles, ehe sie eine Chance hat, schal oder, schlimmer noch, von den Gewohnheiten und Kompromissen eines Ehelebens banalisiert zu werden. Für den wahren Romantiker wäre solch ein Leben unerträglicher, als nie geliebt zu haben. Auf eine, wenn auch sehr spezifische Weise sind in diesen Balladen allerdings nicht die Figuren wichtig - der Mörder aus Liebe, die Selbstmörderin um der Ehre willen -; meist sind sie auch bloß skizzenhaft gezeichnet und viele wirken, als kämen sie direkt vom Bühnencasting.

Nein: Was in diesen Liedern geschieht, hat nur wenig mit den Menschen zu tun, dreht sich doch fast alles um die Anforderungen des Narrativs, das, wie der Gott des Heiligen Paulus, keine Personen respektiert. Es gibt sie, damit sie ein existentielles Dilemma verkörpern, nicht, damit man in ihnen einzigartige, erlösenswerte Individuen sieht.

Es gibt indes noch eine andere Geschichte, in der beide Liebenden sterben, wohl infolge einer unausgesprochenen Vereinbarung – und das ist in der Tradition der Bänkellieder die bei weitem interessantere Geschichte. Vielleicht könnten wir, was sie zum Ausdruck bringt, nach der alten britischen Ballade das Barbara-Allan-Syndrom nennen. Laut dieser Version der Tragödie (und es ist tatsächlich eine Tragödie, auch wenn die Tode absichtsvoll geschehen und in Perversion wurzeln) dreht sich die Geschichte um eine vermeintliche Beleidigung der Dame, da es der auserkorene Liebhaber bei einem von ihm ausgerufenen Trinkspruch in der Taverne an Achtung vor seiner Auserwählten mangeln lässt, was in Wahrheit aber nur einen äußerst fadenscheinigen Vorwand liefert, so dass den Zuhörer am Ende der Ballade die Vorstellung plagt, die beiden Hauptfiguren der Ballade hätten ein so perverses wie schönes Spiel ersonnen, in dem der Tod selbst als dritte Figur teilnimmt:

O Mutter, Mutter, mach mein Bett!
Mach es weich und schmal!
Denn heut starb meine Geliebte für mich,
und morgen sterb ich für sie.

Da es für diese Liebenden im Leben kein Glück geben kann, wird der Tod heraufbeschworen, nicht bloß, um sie zu vereinen, sondern auch um sie durch eine Art improvisiertes Mysterienspiel unsterblich zu machen, durch einen Ritus, der nicht allein die Zeit besiegt. Nein, auch alle Logik, alle Kausalität, all das, wonach es dem Herzen so närrisch verlangt, wird ausgeschlossen. In dieser Geschichte kann nichts verloren gehen, da nichts je verworfen wurde; das Paradox liegt allein darin, dass die Liebenden, indem sie sich der temporären Welt verweigern, ihren Zustand auf immer in der Ewigkeit des Augenblicks fortschreiben. Dass Stolz der Vorwand für dieses Drama des Verzichts und des dazugehörigen Perfektionismus ist, spielt dabei keine Rolle; entscheidend ist die Verweigerung des Mondänen zugunsten der Reinheit – und Unmöglichkeit – einer jenseitigen Liebe.

Die Kunst zu Verlieren ist nicht schwer zu fassen,
so viele Dinge legen es darauf an,
verloren zu werden, man kann sie gehen lassen.

Elizabeth Bishop[10]

Schnee fiel an diesem windstillen Tag
in den Königsgarten,
wo ich spazieren ging, vollkommener und alt wurde,
alle aufgab, einen nach dem anderen:
wahllos verliebt ins Paradies,
dem Fegefeuer meines Geistes.
Jetzt sitz ich im Dunkeln,
träume von einer marmornen Sonne
und ihrer Strenge. Dies
soll dir sagen, dass ich nicht zurückkomme.

Jack Gilbert[11]

Nun, da ich älter bin (nun, da ich mich vervollkommne und älter werde), beschränke ich mich darauf, die Toten zu verlieren, sie langsam auszulöschen, indem ich zu schätzen weiß, was sie nicht oder nicht länger sind: Haarlocken und alte Briefe in vergilbten Umschlägen, Stimmen auf Band, ein letzter Blick durch die Linse einer verlorenen Kamera, eine Erinnerung, die sie nicht länger mit irgendjemanden teilen können. Systematisch und mit verblüffender Geduld gestalte ich dieses Drama, doch ist es nicht immer eine Frage der Logik. Niemand hätte vorhersagen können, bei welchen meiner Geister man erwarten konnte, dass sie bleiben, und welche wie Regentropfen in ein Lagerfeuer fallen und mit einem Zischen vergehen. Allerdings fühle ich mich den Toten nicht sonderlich verbunden, und mein Haus ist in dieser Hinsicht nahezu frei von Gespenstern – denn, ehrlich gesagt, die Toten sind meist leicht zu nehmen, verlangen sie doch nur, was ihnen zusteht, und gibt man ihnen, was ihnen gebührt, lassen sie sich ruhig im Schatten nieder, mehr oder minder gleichgültig, manchmal gar gütig.

Mit den Lebenden aber ist es was anderes. Mein kleines Laster besteht darin, winzige Kapellen und Vorzimmer für jene zu errichten, die ich zurückließ, aber auch für jene, die sich entschieden, ohne mich weiterzuleben, die plötzlich in unvermutete Haushalte voller Licht und Gerüchte in die nächste Grafschaft oder auf die andere Seite der Welt zogen, und jene Versionen ihrer selbst, die ich einst kannte, zugunsten einer *Vita nuova* anderer Beschäftigungen und anderer Lieben aufgaben – für das, was ihnen ein besser bewältigbares Narrativ erschien, oder auch nur für das stille Vergnügen des Vergessens. Die Gäste, die zu vertreiben ich mich weigere, sind nur wenige, doch können sie niemals völlig ausgelöscht werden. Das Haus, in dem ich wohne, wäre ohne sie nie mein Zuhause, sind sie doch ebenso Teil des Gewebes der Dinge wie die Bäume am hinteren Ende meines Hofes oder der Raum in der Dachkammer über meinem Kopf, in der ein Großteil meiner Kindheit in Kisten verpackt liegt, alterslos inzwischen, auf immer dem Sommer 1964 oder Weihnachten 1971 verhaftet. Sie sind der Beweis dafür, dass es auf sie oder auf mich niemals angekommen ist. Entscheidend war immer der Moment im Augenblick des Vergehens. Der Moment, der Moment, der Moment – auf nichts sonst kommt es an. Der Moment war vorbei, ehe irgendwer von uns ihn ergreifen konnte, und doch blieb er, während er uns zwischen den Fingern zerrann, lebendig, kaum noch da und zugleich unauslöschlich. Und irgendwann, vermute ich, kurz bevor es mit mir zu Ende geht, wird es in all den Momenten einen Moment geben, da sich die Gnade des Gewesenseins als Ereignis erkennt, unbeendet und so gewöhnlich wie verstreute Winterbeeren im Schnee am Tor zum alten Friedhof oder das Aufblitzen und Davonhuschen eines Kois, das vor dreißig Jahren in einem steinernen Teich beim Hampton Court Palace begann und bis auf den heutigen Tag kein Ende fand.

# Die Sterblichen

Ich warte in Newark auf meine Maschine. Es gab eine Zeit, da konnte ich auf einem Flughafen überall lesen oder einfach nur in mich versinken und an nichts denken, niemand bestimmtes und eben dadurch ich selbst sein. Heute gibt es überall Fernsehbildschirme in genau dem richtigen Abstand, so dass ich, wenn ich aus der Hörweite des einen Gerätes gehe, in die Hörweite des nächsten komme; Nachrichten über neuste Gräueltaten, den neusten Regierungsskandal folgen mir von einem Platz zum nächsten mit all der Macht und Beharrlichkeit, die derlei aufgeblähten Trivialitäten in unserer Zeit zukommt. Selbst Bars und Restaurants bieten kein Entkommen, auch wenn sich das Geschwätz hier meist um Sport dreht oder um die jüngste in einer langen Reihe ungehobelter Boybands, deren einziges Talent in vorhersehbarer Selbstvermarktung zu bestehen scheint.

Heute liegen die Dinge allerdings ein wenig anders, denn heute steht uns der Sinn nach Tod. Vielmehr nach einem Jenseits, dessen Beschaffenheit schon seit längerer Zeit jedermann zu kennen scheint: ein Augenblick der Angst, danach ein weißes Licht, aus dem Jesus, ein namhafter Engel oder doch zumindest ein wohlwollender Türsteher wie direkt aus der Casting-Agentur vortritt, um die frisch Verblichenen zu begrüßen. Dass es dieses Vorzimmer der jenseitigen Welt gibt, davon sind mittlerweile Millionen überzeugt, vielleicht dieselben 86 Prozent Amerikaner, die Larry King wissen ließen, dass sie an Aliens glauben, fraglos auch derselbe Prozentsatz, der behauptet, dass jene Aliens über exakt dieselben übernatürlichen Fähigkeiten wie Luzifer und die gefallenen Engel verfügen.[1] Das heutige Bekenntnis geht allerdings nicht so weit, ist eigentlich kaum mehr als Routine. Interessant daran ist die menschliche Dimension.

Die Interviewte, deren Stimme verrät, dass sie eine Frau mittleren Alters und irgendwo aus dem Mittleren Westen ist, starb offenbar vor zwei Jahren in der städtischen Notaufnahme: Ihren Ärzten zufolge, so sagt sie, sei sie sieben Minuten lang ›klinisch tot‹ gewesen. Ich frage mich flüchtig, was ›klinisch tot‹ bedeutet, und komme zu dem Schluss, dass die Anzahl der Minuten nicht stimmen kann – ich male mir aus, wie sie in der Studioprobe drei sagte, vielleicht vier, dann aber darauf hingewiesen wurde, dass dies das Fernsehen sei, weshalb es mindestens doppelt so lang gewesen sein müsse. Vor ihrem inneren Auge sieht sie dann das Team der Notaufnahme – die Schwestern und Ärzte, die sich um den Körper zu schaffen machen, den sie gerade verlassen hat –, hört sie, genau wie im Fernsehen, nach etwas rufen; und sie findet all die Hektik, die Hast überraschend, fühlt sie selbst sich doch gelassen und kein bisschen verängstigt. Schließlich kommt das große weiße Licht, und sie bewegt sich darauf zu, fort vom Chaos dieser Welt, nachdem sie sich nur kurz gefragt hat, warum ihr das so leichtfällt, warum sie kein Bedauern verspürt, obwohl sie doch alles hat, wofür zu leben es sich lohnt. Einen guten Ehemann, eine zufriedenstellende Arbeit, liebenswerte Kinder, die übliche Formel. Der Moment des Zögerns hält jedoch nicht lange vor, und schon bald ist sie lichtumhüllt, das helle Licht nicht wie ein Gott, sondern eher wie eine Wolke, eine Wolke voller Erinnerungen, voller Daten – und plötzlich *will* diese zufriedene Frau und Mutter gehen, will ganz entschieden alles hinter sich lassen, angenehm schwindet das alte Leben dahin, und es überkommt sie ein mächtiges Gefühl des Friedens, bis irgendwer oder irgendwas in dem heiligen, gnädigen Licht sie wissen lässt, dass sie zurückmuss, dass ihre Zeit noch nicht gekommen ist. Sie hat noch etwas zu erledigen.

Also kehrt sie zurück zur Notaufnahme, in der immer noch jemand nach etwas ruft, während das ultraweiße Licht der Seele zu einem fahlen, gewöhnlichen Grau verkümmert. Sie kehrt zurück, und während sie das erzählt, wird ihr Kummer um das, was sie verloren hat, spürbar – woraufhin ich mich frage, wie ihre Kinder das aufnehmen oder was der Ehemann auf dem Weg zur Arbeit darüber denkt. »Größer – es war größer«, sagt sie oder doch Worte in diesem Sinne, dann hält sie inne, aber es ist zu spät, und wir hören es ihrer Stimme an, nicht nur das Bedauern, mit dem sie an die andere Welt zurückdenkt, sondern auch ihr Bedauern darüber, dass diese Geschichte vorbei ist und damit zugleich ihre Viertelstunde Ruhm. Wie in einem neuzeitlichen Magnifikat war ihre unwürdige Seele einen Moment lang erwählt und privilegiert. Gleichermaßen wichtig, vielleicht noch wichtiger aber ist die Tatsache, dass sie vom Fernsehen erwählt wurde, von dem ihre Geschichte bekräftigt wurde, war ihre ureigene Erfahrung es doch wert, für die Nachwelt auf Youtube festgehalten zu werden, womit sie letztlich von einer Autorität abgesegnet wurde, von der wir wissen, dass wir ihr nicht trauen können, der wir aber weiterhin Glauben schenken, da sie uns schlicht und unbestreitbar jene Geschichten liefert, die, selbst wenn sie tragisch oder bedrohlich sind, mit jenen Narrativen übereinstimmen, die wir erwarten. Auf diese Weise nimmt das Fernsehen nicht nur von unserem Leben Besitz, sondern auch vom Jenseits: Die Lazarus-Geschichten, die wir uns vor Freude und Staunen verzückt erzählen, sind nichts weiter als die makellosen Skripte, die vor laufender Kamera schon tausendfach erprobt wurden. Wer weiß, ob uns diese Geschichten je eingefallen wären, hätten wir sie zuvor nicht im Fernsehen gehört. Und warum sollte das Jenseits auch etwas anderes als eine Variante des Fernsehens sein? Ein Teletubbyland für betäubte Seelen oder ein adretter Vorort des schönen Burbank, in dem jeder der Held seiner eigenen Miniserien ist – *in saecula saeculorum*. Haben wir nach all der Mühsal einer alltäglichen, unvollkommenen Existenz denn was anderes verdient?

★

### *Eine alternative Sicht des Jenseits: die osteuropäische 1960er-Jahre-Arthouse-Kino-Version*

Erste Annahme: Es gibt Formulare, die auszufüllen sind. Du stellst dir eine Amtsperson in gestärktem, weißem Laborkittel vor (vielleicht eine Frau, die an ein Mädchen erinnert, das du auf dem College gekannt hast); und sie setzt den Prozess in Gang, indem sie dir ein Entlassungsformular reicht, obwohl noch entschieden werden muss, was, falls überhaupt, denn entlassen wird und ob oder ob nicht (womit nur ein mögliches Szenario benannt sei) eine sterilisierte Hand in jenen Käfig langt, in dem die Seele in ihrem Fleischschnörkel baumelt, um dort die sich womöglich angesammelten Toxine abfließen zu lassen. Die Frau im Laborkittel (doch nicht das Mädchen, das du kanntest) leiht dir ihren Stift, und einen Moment lang durchlebst du wieder jene Film-noir-Fantasie, der du zum ersten Mal nachhingst, als du *Orphée* im alten Arts Cinema gesehen hattest, jene Fantasie, die dich zeigt, wie du in einem schwarzen Rolls-Royce durch die nächtliche Stadt fährst, Maria Casarès an deiner Seite, so elegant wie in ihrer Rolle als Botin des Todes. Wie lang ist das her? Dreißig, fünfunddreißig Jahre? Heute findest du die Fantasie absurd, damals aber warst du so dermaßen von der schönen galizischen Schauspielerin in ihrer dunklen Bluse und mit ihrer Kette dicker Perlen verzaubert, dass es kaum von Belang ist, wenn du verlierst, welche Vision Eurydices du bis dahin auch immer heraufbeschwören konntest – und genau auf diese Weise besiegen uns natürlich die Götter: Wir mögen noch so sehr für den *Coup de grâce* bereit sein – der Blick zurück bleibt, was uns am ehesten zu Menschen macht. Du gibst dir den Anschein, es keineswegs eilig zu haben, unterschreibst das Formular und reichst es der Frau zurück, jetzt eine gewöhnliche Angestellte, die nur die ihr zugewiesene Rolle in der resoluten Maschinerie der Entsorgung des Sterblichen erfüllt, auch wenn du nicht ganz das Bild einer viel jüngeren Frau abweisen kannst, jemanden, den du namentlich gekannt hast und der dir einmal entgegenkam, an einem verschneiten Winternachmittag vor so langer Zeit, dass die Erinnerung daran dir schwarzweiß erscheint: Direkt nach der Arbeit überquert sie die King's Parade, Ladenlichter und Scheinwerfer erhellen ihr Gesicht, als sie sich umschaut; und irgendwas wird freigesetzt, ohne dass du sagen könntest, was es ist, doch fühlt es sich wie eine Präsenz an, die sich durchs Zimmer bewegt, ein sich plötzlich beschleunigendes Leben, wie du es manchmal siehst, wenn eine Daunenfeder, eine

Ährenspindel vom Wind aufgegriffen und eine Weile inspiziert wird, ehe die Bö sich dreht und Feder oder Spindel davonträgt.

★

*Noch eine glaubhafte Theorie*

Es heißt, Xenokrates von Chalkedon habe geglaubt, jeder von uns besitze einen Geistesdoppelgänger, eine Art himmlischen Zwilling, der auf dem Mond lebt – und auch wenn dies umstritten ist, könnte er doch der Ansicht gewesen sein, dass mein lunarer Zwilling, wenn ich hier auf Erden sterbe, gleichfalls stirbt, woraufhin beide die Plätze tauschen: Ich fahre zum Mond auf, und er kommt zur Erde nieder, um meine Stelle einzunehmen. Eine faszinierende Idee, nur verstehe ich nicht ganz, warum gerade diese Erzählung den Mond braucht: Mein Doppelgänger könnte doch in der Nachbargemeinde leben oder in einer auf dem Luftweg kaum zwei Stunden entfernten Stadt oder von mir aus auch am anderen Ende der Welt. Mir scheint aber offensichtlich, dass in diesem Fall keine Notwendigkeit für eine Raumfahrt besteht.

Was mich betrifft, so stelle ich mir gern vor, dass mein geistiger Doppelgänger irgendwo in Amerikas Mittlerem Westen lebt, sagen wir im südlichen Illinois oder in Indiana. Und für mich ist er ein Kleinstädter, meist gutmütig und wohlmeinend, was ihn auf andere schwach wirken lässt, fast wie ein wiedergeborener James Stewart, wenn auch etwas ... vermutlich ist ›geschmeidiger‹ das Wort, das ich suche. Etwas geschmeidiger und zugleich nicht gar so mit Straffreiheit gesegnet. Er ist ein Liberaler in einer vorwiegend konservativen Stadt, redet in Gesellschaft aber niemals über Politik und zieht es vor, sich über Gesellschaftstanz zu unterhalten, dem seine wahre Leidenschaft gilt. Er liebt American Smooth, die amerikanische Variante der Standardtänze (gegen den aufdringlicheren, athletischen Stil hatte er schon immer was, selbst als Kind; Gene Kelly fand er ausgesprochen vulgär); und nichts verabscheut er so sehr wie den Stepptanz. Es darf nicht angestrengt wirken, ruft er seiner Mittwochabendklasse im neuen Gemeindezentrum zu, drei Straßen von der geräumigen Wohnung entfernt, die er mit Granger teilt, einer sehr großen Maine-Coon-Katze, sowie mehreren Postern von Irene Castle und Fred Astaire.

Mein Doppelgänger weiß nur eines mit Sicherheit, nämlich dass man sich, wenn Regen schwer und düster auf die Straße niederprasselt und die Vögel aufhören zu singen, eine Kanne grünen Tee macht und dem Unwetter lauscht – so lange es eben dauert –, dass man hört, wie es auf alles herabregnet, ein Geräusch gleich dem der Zeit selbst oder auch der Zeit, die dem Ende zugeht, scheint sie doch jeden Moment stillstehen zu wollen – und dann, wenn dieses Geräusch verklingt und der Regen versiegt, muss man die Fenster öffnen und darauf warten, dass die Vögel wieder singen, Tropfen perlen die Fensterscheiben hinab und fallen von den Blättern der Bäume im Garten, und die langhaarige Katze sitzt auf dem Fensterbrett mit unergründlichem Blick – ein Klischee, gewiss, nur stimmt es auch, dass kein Blick so unergründlich ist wie der einer Maine-Coon-Katze; mit der Gelassenheit eines Wesens mit sieben Leben schaut sie in die Tiefen des feuchten Nachmittags, und das ist doch was, und es ist auch wieder nichts.

★

Vor einigen Jahren lernte ich den Fotografen Richard Avedon kennen, als er Glasgow besuchte, um in einer bekannten Bar ein Gruppenporträt von einigen schottischen Schriftstellern zu machen. Zufällig hatte ich kurz zuvor die Retrospektive *Evidence* in der National Portrait Gallery gesehen und war wie besessen von einer Fotoserie, die er über mehrere Jahre von Jacob, seinem alt gewordenen Vater, gemacht hatte. Sie endet mit einigen sehr bewegenden Aufnahmen, die den alten Mann, bis dahin stets mit Schlips und Jackett gekleidet, wenige Tage vor seinem Tod im Krankenhaushemd zeigen. Später schrieb Avedon: »Anfangs erklärte er sich nur damit einverstanden, dass ich ihn fotografiere, aber ich glaube, nach einer Weile wollte er es auch. Er fing an, darauf zu bauen, so wie ich selbst, zwangen wir uns auf diese Weise doch, uns zu vergewissern, wo wir standen. Ich habe ihn in seinen letzten Lebensjahren oft fotografiert, konnte mir die Bilder aber erst nach seinem Tod richtig ansehen. Heute, außerhalb des damaligen Kontextes, wirken sie völlig unabhängig von der Erfahrung, die es für mich bedeutete, diese Bilder zu machen. Sie existieren für sich selbst. Was zwischen uns geschah, war für uns wichtig, blieb für die Bilder aber bedeutungslos. Sie sind gleichsam in sich abgeschlossen und auf eine seltsame Weise von uns beiden losgelöst.«[2] Als ich an jenem Tag in Glasgow nach den letzten Bildern dieser Reihe fragte, erzählte Avedon eine elegante Anekdote, laut der er früher einmal in der Schweiz gearbeitet hatte. Da er wusste, dass der Tod seines Vaters bevorstand, rief er jeden Tag daheim an, um sich nach ihm zu erkundigen. Bei einem dieser Telefonate erzählte ihm die Krankenschwester, er brauche sich keine Sorgen zu machen, sein Vater sei fest entschlossen, bis zu seiner Rückkehr zu leben, da er wisse, dass noch eine Aufnahme gemacht werden müsse. Und so war es dann auch. Als Avedon in die Vereinigten Staaten zurückkehrte, lebte sein Vater noch und war für diese letzte Nahaufnahme bereit. Zweifellos hatte er seine Geschichte schon öfter erzählt, wohlformuliert, ohne allzu glatt zu wirken, und er freute sich offenkundig über die Wirkung, die sie auf mich, einen völlig Fremden, hatte; dennoch nehme ich ihm ab, dass es genauso gewesen war – und selbst Tage später beschäftigte mich noch der Pakt, den die beiden im Angesicht des Todes geschlossen hatten, weniger, weil ich mir Ähnliches gewünscht hätte, sondern weil es mir die Vorstellung gestattete, meine Eltern und ich hätten uns auf vergleichbare Weise ihrer Sterblichkeit stellen und, als die Zeit kam, auch so gefasst voneinander trennen können.

★

Ungeachtet Avedons außergewöhnlicher Bilderserie gilt, dass eine Porträtaufnahme durch ihre Abhängigkeit von einem einzigen Moment definiert wird – einem Moment, in dem der Fotografierte weiß, dass der Blick des Fotografen auf ihn gerichtet ist. Im weiteren Nachdenken über die Haltung seines Vaters zu der Bilderserie verdeutlichte Avedon: »Eine Porträtaufnahme ist ein Bild, das jemanden zeigt, der weiß, dass er fotografiert wird, und was er mit diesem Wissen anfängt, ist ebenso Teil der Fotografie wie das, was er anhat oder wie er aussieht. In dem, was geschieht, nimmt er eine Rolle ein, und er übt dadurch einen gewissen Einfluss auf das Ergebnis aus. Lisette Model sagte mir einmal, sie finde, diese Fotos von meinem Vater seien ›Schaustellerei‹, und ich gab ihr Recht. Wir schauspielern alle. Wir schauspielern ständig füreinander, ob gewollt oder unbewusst. Das ist unsere Art, uns auf eine Weise zu zeigen, von der wir hoffen, dass wir so erkannt werden, wie wir sein möchten. Ich vertraue auf die Schauspielerei.«[3] An jenem Tag in Glasgow habe ich ihn danach leider nicht gefragt, doch bin ich mir heute sicher, Avedon hätte zugestimmt, hätte ich gesagt, dass wir auch für den Tod schauspielern und dass die letzten geschauspielerten Momente seines Vaters, eine Zusammenarbeit mit einem geliebten Kind, noch stärker, ja vervollkommnet wurden durch die Gewissheit, dass ihm die Aufmerksamkeit einer Präsenz galt, die noch faszinierender als die der Kamera war.

Familienschnappschüsse zeigen nur allzu oft eine peinliche Verlegenheit vor der Kamera: Die Fotografierten wollen nicht schauspielern oder wissen nicht zu schauspielern und so verschwinden sie vor der Linse, erstarren im Akt des Gesehenwerdens und haben nichts weiter dafür vorzuweisen. Meine Eltern mochten es unter keinen Umständen, angesehen zu werden, ganz unabhängig davon, ob eine Kamera auf sie gerichtet war oder nicht. Vor allem meine Mutter litt darunter, wenn sie angestarrt wurde (von uns oder sonst wem); und erst Jahre später kam mir der Gedanke, dass ihr Unbehagen von dem Eindruck ausgelöst wurde, dass man *in* sie hineinsah, da sie kein oberflächliches Schauspiel zu bieten hatte, mit dem sie ihr Gefühl von sich selbst als unzureichende und letztlich sterbliche Person verbergen konnte. Eben deshalb war uns das Starren so strikt untersagt: Für die angeschaute Person ist der Blick eine Erinnerung an die eigene Sterblichkeit, deren Bestätigung. Deshalb darf der König nie direkt angesehen werden:

Starren ihn genügend Untertanen an, verflüchtigt sich seine Macht.

Aufgewachsen in dieser ausweichenden, blicklosen Welt, in der es einem körperlichen Angriff gleicht, sieht man jemandem eine Millisekunde zu lange ins Gesicht, fand ich mich unfähig, jemanden auf bedeutsame, also auf fragende oder neugierige Weise anzuschauen. Jahrelang, so scheint mir, habe ich niemanden angesehen (und wenn doch, dann war es ein heimlicher, ein verstohlener, gestohlener Blick, so wie die Kamera manchmal die Seele stiehlt), bis ich schließlich eine bestimmte Sorte ›Arthouse‹-Filme kennenlernte, für die der lange Blick selbst inhärentes Element ihres Narrativs war. Und während ich in meinen zerschlissenen Armeeklamotten im Arts Cinema in Cambridge saß, ein mittelloser Student, der oft aufs Essen verzichtete, um sich einen guten Film ansehen zu können, lernte ich, die neue Freiheit zu schätzen, die es mir erlaubte, Gesichter zu betrachten, zuzusehen, wie eine Vielzahl verschiedener Emotionen durchlebt wurde oder wie jemand in Selbstvergessenheit oder Langeweile versank, oder auch jene schöne Abwesenheit wahrzunehmen, mit der eine Seele ins gewöhnliche Licht des Tages eintaucht, fast wie ein furchtsames Tier zum Spielen ins Offene kommt, nachdem es entschieden hat, dass es dort sicher ist. Mehr als alles andere aber hat die Glanzzeit des (meist europäischen) Kinos ebendies für mich bedeutet: Ich durfte meinen Blick auf dem Gesicht eines anderen Menschen ruhen lassen, der zugleich eine reale Person und eine Illusion war. Ein solcher Blick war bis dahin untersagt gewesen. Erst als die Kunstfilme in Schwarzweiß aufkamen und später dann die frühen Fernsehfilme (die Kamera, die auf Garbo gerichtet bleibt oder auf das Gesicht von Marcello Morante zu Beginn von Pasolinis *Das 1. Evangelium – Matthäus*) konnten wir ungestraft in ein Gesicht sehen, das sich veränderte, so wie sich das von Morante in den ersten Szenen ändert, als er der unerklärlicherweise schwangeren Maria gegenübersteht und seine Miene von Zweifel über Enttäuschung und Bestürzung und – nach der Erscheinung des Engels – zu stoischer und mitfühlender Hinnahme wechselt.

Andy Warhol kannte die Macht dieses Blicks, als er zwischen 1964 und 1966 seine etwa fünfhundert *Screen Tests* drehte: »Ich wollte einzig berühmte Leute nehmen und sie sich selbst überlassen. Sie sollten über das reden, worüber sie auch gewöhnlich redeten, und dabei würde ich sie eine bestimmte Zeit lang filmen. Das ergab dann den Film«[4], erzählte Andy Warhol. Diese ›Tests‹ – zu deren Teilnehmern unter anderen John Ashbery gehörte, Lou Reed, Dennis Hopper oder Susan Sontag – wurden jeweils auf dreißig Meter Schwarzweißfilm zu vierundzwanzig Bildern die Sekunde aufgenommen und dann, fast in Zeitlupe, mit sechzehn Bildern pro Sekunde abgespielt. Die Resultate waren unterschiedlich: Lou Reed, der studierte Theaterwissenschaftler, bringt eine Cola-Flasche als Requisit mit und trägt eine dunkle Sonnenbrille, weshalb wir seine Augen nicht zu sehen bekommen; die Sängerin Nico posiert, blättert Zeitschriften durch und beginnt schließlich, sich zu langweilen; dann aber, im schonungslosesten und fesselndsten aller Tests, starrt Ann Buchanan, die Exfrau des Beatpoeten Charles Plymell, ein, zwei Minuten in die Kamera, ohne zu blinzeln, ehe sie zu weinen beginnt; die Tränen schwellen langsam an und rinnen dann ihre Wangen hinab. Dieser Frau weiterhin ins Gesicht zu schauen ist eine verstörende, aber auch seltsam machtvolle Erfahrung: Falls die Augen tatsächlich Fenster zur Seele sind, dann offenbart dieser Kurzfilm die wortlose Schönheit eines Menschen auf eine Weise, die weder äußerer Hilfe noch Wissen oder Kontext bedarf.

Das Fernsehen hat die Macht des monochromen Blicks sehr früh für sich entdeckt – und fast sofort wieder vergessen. *Cathy Come Home*, ein Fernsehspiel von Ken Loach aus dem Jahre 1966, ist so schön und wortlos wie viele von Pasolinis besten Werken oder wie der Screen Test mit Ann Buchanan. Schon bei der ersten Einstellung ist es die Kamera, die uns den Fehdehandschuh hinwirft, als sie das Gesicht von Carol White auswählt, wie sie gerade nach London trampt, bis wir am Ende des Films vorm Abspann zu dieser Szene zurückkehren, in der Carol White, obdachlos und allein, die Kinder ›in Pflege‹, an einer dunklen Straße steht und der Verkehr wieder an ihr vorbeirauscht. Stärker vielleicht noch als von den faktischen Enthüllungen über die Ungerechtigkeiten des ›Systems‹ hinsichtlich obdachloser Menschen wird der Zuschauer vom Respekt der Kamera vor Whites Gesicht herausgefordert. »Schwarz und Weiß sind die Farben der Fotografie«[5], hat Robert Frank einmal bemerkt. »Für mich symbolisieren sie die beiden Alternativen Hoffnung und Verzweiflung, denen wir stets ausgesetzt sind. Die meisten meiner Bilder zeigen Menschen schlicht durch die Augen der Leute auf der Straße, denn es gibt Eines, das jede Aufnahme enthalten muss: die Humanität des Augenblicks.«[6] Diese Qualität kommt Franks fotografischem Werk fraglos zu – doch wie in jeder Porträtaufnahme ist auch der performative Aspekt vorhanden, auf den Avedon anspielte. Dieses performative Element wird verzerrt, wenn es, wie beim Film, eine äußere Geschichte mit deutlich unterschiedenen Figuren gibt, so dass die Akteure vorgeben können, sie spielten jemand anderen. Der Schauspieler, der eine Rolle spielt, gestattet uns, sein eigenes Gesicht zu studieren: ihn, den Schauspieler, wie er diese Rolle spielt. In *Cathy Come Home* schmerzt es, die strahlende, optimistische junge Frau zu sehen, die zu Beginn des Films nach London trampt und im Laufe des Fernsehspiels immer verhärmter wird. Wenn wir sie am Ende des Films an der dunklen Straße verlassen, ist es allerdings nicht länger Cathy aus dem Skript, um die wir trauern, sondern Carol White, eine Person, die wir uns lange angesehen haben, während sie von ihrer Rolle gefangen war, und um die wir uns in dieser kurzen Zeit dank einer stillschweigenden, autonomen Allianz in einem Maße sorgen, wie wir es selten für unseren engsten Verwandten aufbringen.

★

Vor Film und Fernsehen waren meine ersten Erfahrungen im Anschauen von Gesichtern (etwa insgeheim das meiner Mutter, wenn sie im Armsessel schlief) mit Schuldgefühlen und Angst durchmischt, aber auch mit einem seltsamen Gefühl für die Sterblichkeit des Beobachteten. Wer jemanden ansieht, riskiert, in ihn hineinzusehen und so dessen Sterblichkeit zu erkennen, die unvollkommene, vergängliche Kreatur – Mitleid ist das unerträgliche Resultat. Eben deshalb wollte ich das Gesicht der Frau auf dem Bildschirm im Flughafen Newark nicht sehen: Solange ich nur ihre Stimme hörte (melodisch, die leise Andeutung eines Midwesternakzents, dafür ernste Gutherzigkeit im Ton), konnte ich mir einreden, sie sei Mitglied irgendeines anderen Stammes, ihr Gesicht aber – natürlich in Farbe –, das wäre dann doch etwas anderes. Ich wollte ihr Gesicht nicht sehen, nicht, weil mich ihr banales Nachlebennarrativ geärgert hätte oder weil mir der implizite Verrat ihrer Lieben peinlich gewesen wäre, nein: Ich wollte sie nicht anschauen, weil ich fürchtete, in ihrem Gesicht etwas Vertrautes zu entdecken, wobei ich vertraut im alten Wortsinne meine, so vertraut wie eine Hexenkatze oder eine heimliche, ehemalige

Geliebte, womit ich etwas anspreche, das, um seine Macht zu wahren, dem öffentlichen Blick verborgen bleiben sollte. Auf ähnliche Weise hat mir Avedons Geschichte zugesetzt, auch wenn ich mich erst viel später fragte, was der Vater getan hatte, während er darauf wartete, dass sein berühmter Sohn zu einer letzten Fotosession heimkehrte. Hatte er ans Jenseits gedacht? Hatte er sich gefragt, was er hinterlassen würde? Kein Werk der Kunst, nicht einmal ein pharaonenhaftes Monument zum Angedenken an die eigene Person, sondern ein Mahnmal der durchlebten Zeiten, jene eingeschlossen, die diese Zeiten mit ihm durchlebt hatten, diese Vielen, die Geliebten, die Orte, wie sie sich im Gesicht des Sterbenden andeuteten. Es mag abstrus klingen, aber schaue ich mir heute diese Aufnahmen von Jacob Israel Avedon aus den frühen 1970er Jahren an, sehe ich vor allem die künstlerische Leistung des schauspielenden Vaters, die mir noch beeindruckter zu sein scheint als die Fotos selbst. Ehrlich gesagt, was ich sehe, ist das genaue Gegenteil pharaonischen Stolzes oder jener banalen Jenseitsfantasie von einem Weg ins Licht, an dessen Ende man vom Hochgeliebten umarmt wird, ob nun von Jesus selbst oder vom alten Kunstlehrer – eine Erfahrung, die, wie beschrieben, eher klingt, als ginge man in ein Fernsehstudio, um eine Episode der alten TV-Show *This Is Your Life* (*Dies ist dein Leben*) zu drehen. Kurz gesagt, in Jacob Avedons Gesicht sehe ich das Wissen darum, dass es das eben nicht ist. Es ist nicht *dein* Leben; es gehört dir nicht. Es wird geteilt, und wenn es dich nicht mehr gibt, lebt es weiter, bis du, oder irgendwas wie du, erneut auftaucht, beschämt sowie mit einer kindlichen Neigung zum unverfrorenen Schauen.

★

Wie gesagt, meine Eltern haben nie dazu geneigt, jemanden anzustarren, erst recht nicht, nachdem sie sich genötigt sahen, von allem fortzuziehen, was sie kannten, woraufhin sie, als die Fremdheit ihren Tribut forderte, auch unter Fremden starben, unter Leuten, die sie gern besser gekannt hätten, die aber nicht ihresgleichen waren. Nicht zur Familie gehörten. Noch schlimmer erscheint mir heute, dass sie in den falschen Farben sterben mussten. Die Stadt ihres neuen Zuhauses in den englischen Midlands mag Little Scotland geheißen haben, doch hatte sie nichts mit der feinkörnigen Atmosphäre jener alten Bergarbeiterstadt in Fife gemein, aus der sie stammten. Dies hier war auf fiebrige, schillernde Weise eine jener modernen Städte, wie Stadtplaner sie in den 1960er Jahren gern am Reißbrett entwarfen; es fehlten die tiefen Schatten, die gewohnte, verregnete Schwere. Zugleich wirkte die Stadt wie mit synthetischen Farben überzogen, die neuen Häuser prangten in Glanzfarben und mit Holzimitat, die Zimmer voll mit grellen Stoffen und jenen Geräten, die sich die Wirtschaftsflüchtlinge nun leisten konnten. Wie es der Zufall wollte, fiel unser Umzug in diese trostlose Stahlstadt mit dem (etwas frühreifen) Beginn einer gewissen übertriebenen Pingeligkeit meiner vorpubertären Seele zusammen, und ich erinnere mich deutlich daran, wie unglücklich ich inmitten all dieses Kitsches zu einer Zeit war, in der Kinder lernen, dass jede Farbe und jede Farbkombination etwas zu bedeuten hat. So sind Flaggen zum Beispiel Embleme der Erde und des Blutes und das Licht irgendeines wahren Gottes, Embleme von *Patria*, dem Vaterland, von gemeinen Menschen als urbanem Clan: unsicher, eigenbrötlerisch, gewalttätig. Grün stand für Irisch, Katholisch, Gälisch; Blau war der Feind. Die Gewänder der Priester waren entsprechend der Stimmungen Gottes farbkodiert: Rot für Pfingsten oder die Tage der Märtyrer; Purpur für den Advent. Meine Eltern gehörten dieser Welt an, und sie schienen sich zu wünschen, dass ich ebenfalls dazugehörte, wenn auch aus Gründen, die ich nie erfuhr – denn eigentlich ging es dabei nicht um uns. An den Tagen, an denen wir im Gedenken an unsere glorreichen Gefallenen Mohnblumenrot trugen, starrte ich die betreten dreinblickenden Matronen und kriegsvernarbten Onkel an, die sich vor der Kirche versammelten und sich fragten, was sie wirklich empfanden, ob irgendwer tatsächlich an Ruhm oder Opfer glaubte oder daran, dass ein schuldfreies Überleben möglich war. Während der Messe stand die Heilige Jungfrau in ihrem blaugoldenen Alkoven, und unser Gottmensch starrte auf mich herab, das Heilige Herz ans Leibchen gepinnt, die stigmatisierten Hände erhoben, um mir zu zeigen, wie tief die Wunden waren – ich aber wollte lieber im Monochrom alter Filme leben, wo nichts von alldem galt.

Und auch wenn ich in dieser Welt nicht leben konnte, zögerte ich doch nicht anzunehmen, dass sich wenigstens der Tod genötigt sähe, in Schwarzweiß stattzufinden. Vielleicht ein Winterereignis in der Bergarbeiterstadt, in der ich aufwuchs, auf halber Strecke zwischen Förderturm und altem Filmtheater, wenn auch nicht so weit von der Küste entfernt, dass ich trotz Asche- und Kohlestaubdunst nicht den Jodgeruch des Meeres wahrgenommen hätte. Das Kino, meine einzige Kirche, war auch meine Schule. Während der Samstagsmatinee studierte ich das Vokabular des Schwarzweißfilms: der glitzernde Schnee auf einer Straße im frühen zwanzigsten Jahrhundert; die funkelnden Tode eines Jimmy Cagney; die Lichttupfer in einem Wiener Abwassertunnel, während die abgehackten Stimmen von Orson Welles und Joseph Cotten dem entgegenplatschten, was ich vom zwanzigsten Jahrhundert kannte. Es gefiel mir, wenn die alten Schwarzweißfilme liefen, wozu es oft kam, während wir in unserem kleinen Kaff darauf warteten, dass die neusten Cinemascope-Filme aus den Großstädten zu uns vordrangen; aus bestimmten Gründen wollte ich damals nicht zu viel Farbe sehen, zumindest nicht jene Art Farbe, wie die Leute sie sahen, seit das grelle Technicolor der 1950er Jahre ihre Augen infiziert hatte. Ich lebte zufrieden dort, wo ich lebte, wo das Grau des Himmels so unendlich abwechslungsreich wie das Wetter war und man stundenlang in die Flammen eines Lagerfeuers starren konnte, Holz, das zu Schlacke und Kohle verbrannte und dabei seltene Schattierungen von Grau und Violett zeigte, von Aschrosa und Grün bis hin zum reinen, versengten Braun angekokelter Eisennägel.

Es wäre eine Gnade, könnten die Sterbenden eine Weile in jener Schwarzweißzone leben, ehe sie auf immer ins Monochrome glitten, eine Gnade, die meinen Eltern nicht vergönnt war. Meine Mutter war siebenundvierzig Jahre alt, als man inoperablen Krebs feststellte. Monatelang lag sie während eines der heißesten Sommer seit Menschengedenken unter einer knallbunten Bettdecke, umgeben von Rosen und Gute-Besserung-Karten. Fast jeden Tag sahen Arbeitskollegen und Nachbarn vorbei, und dann half ich ihr nach unten in den großen Sessel am Kamin, wo sie ihre Besucher in einem rosafarbenen, blattgrünen Kleid empfing. Der Stoff war synthetisch und fühlte sich für mich viel zu glatt an, als ich sie, da es mit ihr zu Ende ging, nach unten tragen musste. Ich war damals zu jung und zu dumm, um zu begreifen, dass der Smalltalk während dieser Besuche mehr als nur ein Pausenfüller war und für meine Mutter und ihre Freunde Bände sprach. Allerdings war mir nur zu deutlich bewusst, wie sie es vermieden, sich länger ins Gesicht zu sehen. Meine Mutter lebte noch mehrere Monate, eine Zeit, in der ich daheimblieb, um mich um sie zu kümmern, bis, eine Woche vor ihrem Tod, zwei ihrer Schwestern aus Schottland kamen und mich aus dem Krankenzimmer verbannten. Meine Mutter wolle nicht, dass ich sie so sähe, lautete die Erklärung. Besser, sie in Erinnerung zu behalten, wie sie gelebt hatte. In ihrer besten Verfassung. Dabei hatte ich sie nie in ihrer besten Verfassung gesehen, hatten wir uns doch nie richtig angeschaut. Wir hatten uns alle zu sehr für uns geschämt.

Als ich meinen Vater zum letzten Mal sah, lag er nach seinem dritten Herzinfarkt im Krankenhaus. Einige Stunden vor meiner Ankunft war der Mann im Nachbarbett gestorben; das Notfallpersonal machte sich um ihn zu schaffen, während seine Seele gewiss in ein milchiges Licht davonschwebte, um niemals wiederzukehren. Ich wusste, die größte Angst meines Vaters war die, unter Fremden zu sterben und dass ihm jemand, den er nicht kannte und der ihm nichts bedeutet hätte, ins Gesicht starrte oder ihm den Kragen lockerte, während er verschied. Ich wusste das, weil einer seiner Freunde unter solchen Umständen während der Rushhour in einem Bus gestorben war. Etwa eine Stunde, nachdem mein Vater davon erfahren hatte, zerschlug er in einem Anfall eisiger Wut die faustgroßen Fensterscheiben einer Bushaltestelle unweit vom Haus meiner Tante, zerschlug sie systematisch und gezielt eine nach der anderen. Angesichts dessen, dass ihm ein ähnliches Schicksal drohte, flehte er mich nun an, dafür zu sorgen, dass ihn die Ärzte nach Hause entließen – und in seiner Verzweiflung hätte er mir fast in die Augen geschaut, aber eben nur fast. Er hat den Infarkt überlebt, nur um wenige Monate später auf dem grellen Teppichboden seiner Stammkneipe zu enden, auf halbem Weg zwischen Theke und Zigarettenautomaten. Einen Moment lang, so wurde mir gesagt, habe niemand etwas davon bemerkt; dann hätten es alle gewusst.

★

Lang vor diesem letzten Dahinscheiden, der letzten Ausflucht, als ich im Sommer noch in kurzen, aufgetragenen Khakihosen und mit aufgescheuerten Knien herumlief, Pfeifenköpfe und Flaschenscherben aus unserem Hof buddelte, löste ich eine verrostete Dose aus einem Lehmbrocken, öffnete sie und fand darin Knochen und Federn, jegliche Farbe, die einst vorhanden gewesen sein mochte, längst bis auf einen indigoblauen Fleck und einen letzten roten Streifen verblichen. Ich stand in der warmen Sonne und starrte meinen Fund so erstaunt wie bekümmert an. Das hier hatte einmal gelebt, war eine bebende, pulsierende Handvoll gewesen, genau wie die Zeisige in der selbstgebauten Voliere meines Vetters, die wir mit Schachtelfallen gefangen und warmen Juwelen gleich von den Feldern rund um unsere Bergarbeiterstadt heimgetragen hatten. Was dies hier aber auch immer einst gewesen sein mochte, war jetzt nichts weiter als trockne Knochen und ein Büschel Flaumfedern, leblos wie die Flusen und abgebrannten Streichhölzer, die meine Mutter an Putztagen zu einem Häufchen in der Ecke der Spülküche zusammenkehrte – und doch, so unbedeutend das hier auch schien, hatte mir nichts, das ich je besessen oder gewollt hatte, mehr bedeutet. Ich hätte alles gegeben, um den Kadaver wieder zum Leben zu erwecken, und sei es nur, um zu sehen, was er einmal gewesen war. Ein heimischer oder ein entflohener Vogel, etwa einer wie diese bunten Finken, die ich in der Tierhandlung unweit vom Kino gesehen hatte? Und wer hatte ihn dort begraben? Ein Erwachsener? Ein Kind? Mir war zu Ohren gekommen, dass die Leute, die vor uns in dem Haus gewohnt hatten, Heimatlose gewesen waren – zumindest hatte Jim Black aus dem Nachbarhaus das meiner Mutter erzählt –, und als ich ihn fragte, was das denn genau heiße, war ich so fasziniert, dass ich das Wort tagelang immer wieder vor mich hinsagte. Heimatlose. Mich rührte der Gedanke – heimatlos wie die Kinder, die in den alten Geschichten den Weg ins Märchenland fanden, oder wie die Ritter auf der Suche nach dem Heiligen Gral, die ihre Heimat verließen, sich von der Obrigkeit lossagten und außerhalb des Gesetzes standen, ungeschützt von jeder ritterlichen Macht. Vielleicht hatte einer unserer Vorbewohner die Dose im Lehm vergraben, hatte ein kurzes Gebet gemurmelt, einen Segen gesprochen, sagen wir auf Polnisch oder Litauisch, hatte das Grab gefüllt und sich abgewandt, sobald die provisorischen Riten der Beerdigung erfüllt waren.

Es mag trivial klingen, zu simpel – und doch halte ich dies für das wahre Nachleben oder doch zumindest für eines, das in Betracht zu ziehen sich lohnt. Das Fortdauern der barmherzigen Geste, die Feier des letzten Streifens Farbe oder welch lang nachklingender Gnade auch immer. Eine Erinnerung an die Zeilen von Walt Whitman:

Alles strebt voran und nach außen,
nichts fällt in sich zusammen,
Und zu sterben ist anders,
als irgendwer vermutete – und glücklicher.[7]

Diese Zeilen beschreiben nicht irgendein krudes Jenseitsszenario, sondern einen Eindruck, der uns in unseren besseren Momenten manchmal überkommt, der Eindruck, es sei unsere Sterblichkeit, dank der wir die Welt miteinander teilen. Dieser Eindruck mag durch eine Fotografie oder eine provisorische Beerdigung in irgendeinem Hinterhof ausgelöst werden, und dies auf eine Weise, wie keine öffentliche Zeremonie, kein priesterlicher Ritus es auszulösen vermag, im besten Fall aber ist es der zufällige Blick, der gerade so lang verweilt, wie er braucht, die Sterblichkeit wahrzunehmen, um dann beide, Seher wie Gesehenen, von ihr freizusprechen, womit sie eine neue Region der Möglichkeiten betreten. Was wir dort entdecken, mag sich banal anhören: das Gerücht eines Abendgebets abseits der Neonröhren eines Wartesaals im Krankenhaus, eine blau im Sumpf stehende Öllache, ein heller Vollmond, der sich meilenweit in Dachschrägen und abgespritzten Höfen spiegelt, während ein Mann vom Dinner heimfährt, der Schlips locker und im Radio Musik, die er noch nie gehört hat, dabei ist sie so schön, dass er kaum zu atmen wagt. Dies ist der Augenblick, den Freunde oder Liebende vorhersehen, wenn sie einander zum ersten Mal in die Augen sehen; und wenn einer von ihnen stirbt, der andere sich anderswo aufhält – er kümmert sich etwa um die Wäsche oder wählt an einem Abend mit Kollegen den Nachtisch aus –, wenn einer von ihnen aufhört zu sein, dann denke ich, mag der andere ein außergewöhnliches Nichts spüren, das die Welt ins Lot bringt, wenn auch nur für einen Moment, wie der letzte Blick auf alles, ehe das Licht erlischt, oder (ohne dies als ein Jenseitsklischee darstellen zu wollen) der kurze Unglaube, wenn man es überstanden hat, gefolgt von einem Hiatus, einem Blick zurück ohne Bedauern für das, was war, vor dem Dahinscheiden, der Entsorgung – dem *antarbhāva* –, erleichtert und zugleich auf dem Weg an einen anderen Ort. Ich denke hierbei nicht an ein neues Leben, jedenfalls nicht entsprechend der üblichen Formel (Wiedergeburt als, sagen wir, Reh oder Fisch oder als neuer Klumpen Stammzellen und Karma), denn ich glaube, der Tod verlangt zuallererst die Auslöschung des historischen Selbst, ein Vergessen, das alle Datenmengen löscht, so dass, was entsteht, sofern überhaupt etwas entsteht, amnesisch ist und unberührt. Unberührt, ja – und doch fühlt es sich wie ein universelles Faktum an, nicht in Gänze von dem losgelöst, was es einst gewusst hat, so dass, auch wenn es letztlich aus neuem Körper auf diese Welt schaut, eine Faser Bindegewebe bleibt, fast ein – wenn auch nicht gänzlich – unmöglicher Wunsch, das zu sehen, was es zuvor gesehen, betrauert und dann vergessen hatte.

★

*(Erster Lazarus)*

Er ging beim ersten Tageslicht und hinterließ nur eine Spur kalter Asche am Spülbecken; darüber war ich froh. Abwesend war er netter, schon fast für immer fort wie die Toten, die wir aus dem Grau alter Fotoalben zurückholen, die Gesichter neugierig und einsam, wie sie uns ansehen in ihren Sonntagskleidern auf einem nahezu schwarz wirkenden Flecken Grün. Er ließ mich an meine verlorenen Vettern denken, an die Gespenster, die ich nachts durch den Garten ziehen sah, im Mondlicht so fahl wie die lilienweißen Jungs in dem alten Lied[8]. Das mag überspannt klingen, ich weiß, aber ich habe sie gesehen, denn jedes Kind sieht Gespenster, und für dieses Kind sind sie real, wenn auch nur gut eine Stunde lang. Er war wie sie, wenn er draußen im Wald war, jemand, den ich erträumt hatte, und manchmal dachte ich, er würde nicht zurückkommen, er würde einfach weiterlaufen, bis er irgendwann einen neuen Ort gefunden hatte, an dem er blieb. Ich dachte das, und vielleicht sehnte ich es herbei, trotzdem war ich immer dankbar, wenn er zurückkehrte, fürchtete ich mich doch zu sehr davor, allein das Haus zu verlassen, hinaus in den Wald und in die Felder zu gehen, wo man vielleicht immer noch nach mir suchte.

Doch war er fort, konnte ich wie aus weiter Ferne die seltsame und eigenartig schöne Komplexität unseres gemeinsamen Lebens erkennen, ein zu zweit gelebtes Leben, wo es doch nur einen geben sollte. Er war wie eines dieser Puzzles, die ich früher vom Dorftrödel oder aus den Ramschläden in der Stadt mitbrachte, alles in einer Schachtel, nur ein kleines Teil fehlte und auch die Instruktionen, wozu sich die Teile zusammensetzen ließen. Vielleicht gab es auch ein altes Blatt Papier mit ein paar grundlegenden Regeln, gedruckt in den fast unleserlichen Großbuchstaben einer Sprache, die ich nicht kannte. Zum Morgengrauen kam er durch die Hintertür mit dem, was er erlegt hatte – ein Reh, ein Paar Waldschnepfen –, und gab die Beute ins Waschbecken. Manchmal sehnte ich mich nach einem Ritual, das uns wieder vereinte, damit ich erneut spürte, was es hieß, er zu sein. Manchmal lief dieser Wunsch auch auf die Zeile aus dem Lied[9] hinaus: Einer ist einer und einer allein (schließlich waren wir einst dieselbe Person); und manchmal war die Logik unserer Einmaligkeit so stark, dass alles in meinem Wesen darauf beharrte, obwohl ich wusste, ich hatte so wenig Anspruch auf Gnade wie das Herz Anspruch auf die Liebe eines anderen hat.

Jesus antwortete: Sind nicht des Tages zwölf Stunden? Wer des Tages wandelt, der stößet sich nicht, denn er siehet das Licht dieser Welt. Wer aber des Nachts wandelt, der stößet sich, denn es ist kein Licht in ihm. Solches sagte er, und danach spricht er zu ihnen: Lazarus, unser Freund, schläft; aber ich gehe hin, daß ich ihn aufwecke. Da sprachen seine Jünger: HERR, schläft er, so wird's besser mit ihm.[10]

★

Nach der massiven Zerstörung während des Zweiten Weltkrieges wurde die Stadt Berlin zum Zufluchtsort für Scharen von Haubenlerchen (*Galerida cristata*). Diese für ein Leben in der Wüste und Steppe angepassten Vögel fühlen sich auch auf Baustellen daheim, auf Brachland, und sie gediehen, zumindest zeitweilig, prächtig in den Ruinen von Berlin, wo viele Bewohner, die die Zerstörung überlebt hatten, das plötzliche Auftauchen dieser eher unscheinbaren Vögel *eine Wohltat für langleidende Seelen* nannten. Was erahnen lässt, dass es nicht nur jene seltenen Momente mit einem geliebten Menschen sind, die unser Gefühl überkommen können, innerlich zweigeteilt und kontrovers zu sein; vielleicht aber ist es auch nur eine einzige Verbindung, irgendeine Verbindung, die es uns erlaubt, jenen unbeachteten Fluss des Lebens zu erinnern und zu achten, den wir mit allen übrigen Organismen teilen, eine einzige Verbindung, die zum Beginn des Wiedergewinns dessen werden könnte, was Matthew Arnold das ›verborgene Selbst‹ genannt hat.[11] Dieser unbeachtete Fluss wie auch die Wildnis, die dank ihm gedeiht, ist stets bedroht, doch trotz der mit Baugrundstücken, Brachflächen und Schrebergärten (oft als Orte der ›Freiheit und des Raumes‹ beschrieben) übersäten Stadt, bleibt Berlin für mich – zumindest bis auf Weiteres – bewundernswert wild. Die Frage ist nur: Warum? Wie konnte die Stadt inmitten all der Zerstörung so werden, wie sie heute ist? Als wäre sie dem italienischen Renaissancebild einer Wiederauferstehungsszene entsprungen, in der alle Versionen von Lazarus sind, auferstanden aus kalter Erde, um über eine weite Wiese zu spazieren, spielende Kinder im Volkspark Friedrichshain, Liebespaare, die Hand in Hand am Karpfenteich beim Schlossgarten Charlottenburg spazieren oder Vorhängeschlösser am Geländer der Weidendammer Brücke anbringen.

Der Tod ist kein Ereignis des Lebens. Den Tod erlebt man nicht. Wenn man unter Ewigkeit nicht unendliche Zeitdauer, sondern Unzeitlichkeit versteht, dann lebt der ewig, der in der Gegenwart lebt. Unser Leben ist ebenso endlos, wie unser Gesichtsfeld grenzenlos ist. Die zeitliche Unsterblichkeit der Seele des Menschen, das heißt also ihr ewiges Fortleben nach dem Tode, ist nicht nur auf keine Weise verbürgt, sondern vor allem leistet diese Annahme gar nicht das, was man immer mit ihr erreichen wollte. Wird denn dadurch ein Rätsel gelöst, daß ich ewig fortlebe? Ist denn dieses ewige Leben dann nicht ebenso rätselhaft wie das gegenwärtige? Die Lösung des Rätsels des Lebens in Raum und Zeit liegt außerhalb von Raum und Zeit.

Ludwig Wittgenstein[12]

*(Zweiter Lazarus)*

Als Kind habe ich mich gefragt, wie Lazarus sich gefühlt haben mag, als ihn sein Freund zurückrief aus dem Tod, mit dem er sich bereits abgefunden hatte. Ich stellte mir vor, wie er losließ und langsam dahinschwand, stellte mir die Qual vor, mit der er jene zurückließ, die ihm nahestanden, jede Liebe ersetzt durch die gütige Distanz des Scheidenden. Zudem stellte ich mir vor, wie die bereits in den Zustand der Gnade übergegangene Seele ihre Hinterbliebenen weiter liebte, doch war es nun eine eher von Mitgefühl als von Sorge geprägte Liebe. Ich bezweifle nicht, dass derlei relativ ist, doch manchmal, in extremer Schlaflosigkeit, erlaube ich mir den Gedanken, ich selbst empfände eine solch gütige Distanz zu den mir nahestehenden Menschen. Und wenn diese Momente sich nicht ganz wie der Tod anfühlen – aber wer weiß schon, wie der sich anfühlt –, haben sie doch Anteil an derselben unirdischen Stille.

★

Wenn ich ehrlich bin, muss ich zugeben, dass ich das kürzlich gekaufte Radio wenn nicht einem Fehlkauf, dann doch reiner Maßlosigkeit verdanke, dem närrischen Versuch, jene lang vergangenen Tage wiederzubeleben, in denen ich in der Küche unseres alten Fertighauses in der Blackburn Road gesessen und das GEC-Modell BC5442 Fünf-Röhren-Radio auf den

Sender *Third* eingestellt hatte, der damals nur klassische Musik spielte (normalerweise lief *The Light Programme*, da meine Mutter gern Comedyshows hörte, außerdem brachte man dort ihr Lieblingsprogramm *Sing Something Simple*). Die Küche war klein; ein einziges, rechteckiges Fenster blickte auf den Vordergarten und den dahinterliegenden Buchenwald; sobald sich die ersten Anzeichen nahenden Frühlings zeigten, ließen wir das Fenster den ganzen Tag geöffnet, und meist war die Hintertür nur angelehnt, damit der Duft der Fliederbüsche hereinwehen konnte, wodurch die Küche ebenso dem Draußen wie dem Haus anzugehören schien. Das Radio stand auf einem Beistelltisch; in den Tagen vor dem Fernsehen war es unsere einzige Verbindung zur großen weiten Welt, und auf seinem gläsernen Paneel las ich die Namen der Sendestationen – unfassbar weit entfernte Ort wie Honolulu oder Minsk –, die, während ich am Rädchen drehte, sich in meinem Kopf zu einer Art Weltkarte zusammensetzten, auch wenn die Entfernungen von einem zum anderen Ort meist geschätzt, die genauen Positionen unklar waren. Da ich nur die Namen kannte, begann ich, im Geiste Bilder damit zu verknüpfen, um mir eine Ahnung, vielmehr eine mit wenig Wissen unterfütterte Illusion für die ungefähre geografische Lage zu vermitteln: Braşov, das, wie mir der Atlas verriet, in Transsylvanien lag, zeigte sich mir mit Zwiebeltürmen und leeren, von verschneiten Bergen umstandenen Plätzen; Sackville im kanadischen New

Brunswick sowie Kalundborg, ein Hafen in Dänemark, dessen einziger Anspruch auf Bekanntheit sich offenbar der eigenen Radiostation verdankte, waren beide wohl mangels Alternative mit winterlichen Bildern von bunten Holzhäusern entlang verschneiter, laternenheller Straßen in einer Art ewigen Kurz-vor-Weihnacht-Abendzeit präsent; über Leningrads gefrorenen Flüssen und den breiten, eisigen Alleen ragte ein riesiger Sendemast in den nachtblauen Himmel als ein Symbol ebenjener russischen Genialität, die wenige Jahre zuvor eine herrenlose Hündin namens Laika ins Weltall geschossen und deren weiteres Schicksal Anlass zu allerhand Spekulationen geboten hatte (einige Gerüchte deuteten an, sie sei nur wenige Stunden nach Beginn ihres Flugs verstorben; andere Berichte besagten, sie hätte noch sechs Tage gelebt, ehe sie an Sauerstoffmangel starb).

Ich habe mir das Radio vor ein paar Jahren gekauft, als ich für einen Tag ans Meer fuhr. Ich bin die Küstenstraße entlangspaziert, als es zu regnen begann, suchte einen Unterstellplatz und schlüpfte in einen Ramschladen, der vorgab, was Besseres zu sein. Und da fand ich genau das gleiche GEC BC5442, das meine Mutter besessen hatte, das Gerät identisch, sogar am Drehknopf fehlte an der gleichen Stelle ein bisschen Lack, mit anderen Worten, es muss dasselbe Radio gewesen sein, das einst aus dem Äther zu uns in die Küche Lisa della Casa übertrug, wie sie Richard Strauss' *Beim Schlafengehen* sang, einzig, um mich vor Staunen still werden zu lassen, eine Stille, aus der ein Teil meiner Seele bis heute nie wieder ganz aufgetaucht ist, wenn ich das so sagen darf; und wenn nicht, kann ich nur erklären, dass ich bis zu jenem Moment in der sterbenden Bergarbeiterstadt, in der ich damals seit zehn Jahren lebte, nie auch nur geahnt hatte, dass von Menschen Geschaffenes so schön sein kann, was mich über alle möglichen Erklärungen hinaus erfreute (womit ich sagen will, dass ich damals nicht nur zehn oder elf Jahre alt war, sondern auch, dass ich ein schüchterner, kaum gebildeter und tapsiger Bub war, einer Kultur verhaftet, die es Jungs nicht gestattete, das Wort *schön* laut auszusprechen, nie und unter keinen Umständen). *Erfreut.* Das richtige Wort für diesen Moment, in dem die Welt trotz des gewohnten Lärms und Tamtams plötzlich von einer Bedeutung (nicht das richtige Wort) durchdrungen zu sein schien, die sich als solche nicht näher beschreiben lässt, obwohl es sie gab, die ganze Zeit, fähig, wahrgenommen (nicht das richtige Wort) zu werden, wenn sich die Gelegenheit ergab. Und ja, ich war an jenem Tag erfreut – zugleich aber sage ich mir heute, fünfzig Jahre später, dass es womöglich nicht genau *dieses Lied* gewesen ist, genau *diese* Künstlerin mit genau *dieser* Aufnahme, die ich an jenem speziellen Tag gehört habe, sondern irgendwas anderes: Vielleicht ein Stück aus Sibelius' fünfter Symphonie, im Hintergrund statisches Rauschen, oder das Ende einer Arie aus *Rigoletto*, ein Gesang, überblendend zur Stimme des Sprechers, der das nächste Musikstück ansagte –

denn ich bin mir ziemlich, wenn auch nicht hundertprozentig sicher, dass ich *Vier letzte Lieder* erst später zum ersten Mal gehört habe, und dann vermutlich in einer Aufnahme mit Elisabeth Schwarzkopf, nicht die berühmte Aufführung mit Lisa della Casa und den Wiener Philharmonikern, die sich irgendwie an diese Stelle in meinem Gedächtnis gedrängt hat, denn die wurde 1953 aufgenommen, demselben Jahr, in dem das BC5442 meiner Mutter hergestellt wurde. Ob das nun wahr ist oder nicht, spielt eigentlich keine Rolle, entscheidend bleibt, dass ebendiese Erinnerung mich veranlasste, das Radio zu kaufen, und jetzt ist sein bloßes Vorhandensein eine Bekräftigung jenes Augenblicks im alten Fertighaus, da ich Lisa della Casa eines von Strauss' letzten Liedern singen hörte und aus Gründen, die kaum eines weiteren Versuchs der Erklärung bedürfen, meine Welt (wie man so sagt) auf immer veränderte.

★

Mit vierzehn fand ich die Ruine eines alten, ummauerten Gartens. Er schien mitten im Nirgendwo zu liegen, kein Haus in der Nähe, die Mauern stellenweise eingefallen, und als ich die kaputte Tür fand und aufzwängte, sah es drinnen wie nach einem Brand aus, moosbehangene Obstbäume im Winterniesel, Tatzenspuren im Gras, Rußflecken von nirgendwo am eisigen Rahmen. Glasscherben und abgeblätterte Farbe lagen über den Hauptweg verstreut, eine schmale Terrasse war fast lückenlos mit alten Setzkästen voller Schlick und Distelwolle zugestellt. In der Ecke eines dieser Kästen fand ich, was mir wie ein mit winzigen Knochen gefüllter Beutel aus Maulwurffell aussah, doch hätte ich nicht sagen können, was es einmal für ein Tier gewesen war. Ich hätte auch nicht sagen können, wem diese Wildnis gehörte, aber das kümmerte mich auch nicht. Kein Junge, der etwas auf sich hält, glaubt an Besitz, von einer Handvoll Murmeln und ein paar Kinkerlitzchen einmal abgesehen, und selbst die tauscht er gern auch gegen eine alte Bierflasche ein. Nein, die Vorstellung, man könne Land besitzen, muss erlernt werden; und für jedes Kind mit klarem Verstand bleiben das Herrenhaus und das große Anwesen ein lebenslanges Rätsel.

Vielleicht betone ich meine Naivität an dieser Stelle zu sehr, was ich allerdings nicht glaube – bis auf den heutigen Tag scheint mir der Gedanke total absurd, ein Mensch oder eine Firma könne rechtmäßig mehrere tausend Morgen Land besitzen. Ein solcher Besitzanspruch auf Land ist nicht nur unnatürlich, er ist auch schädlich. Als die ersten Siedler mit ihrem Geld und ihren Wolldecken nach ›Amerika‹ kamen, konnten sich die Menschen nicht vorstellen, das Land, auf dem sie lebten, sei zu kaufen oder zu verkaufen: Sie glaubten einfach, ihre neuen Freunde brächten Geschenke. Dazugehörigkeit war für sie keine Frage von Besitz; Dazugehörigkeit bedeutete eine komplexe, respektvolle Beziehung zum Land, zu den Geschöpfen, mit denen sie es teilten, und zu den Systemen von Verwandtschaft und Feindschaft, die sich über Jahrhunderte auf diesem Land entwickelt hatten. Traurig ist nicht so sehr, dass dies vergessen ist, sondern dass selbst die Tatsache des Vergessenseins nichts weiter als ein Klischee darstellt.

Kaum hatte ich den alten Garten entdeckt, kehrte ich oft dahin zurück. Er war mit Disteln und Dornengestrüpp zugewachsen, Brennnesseln schossen über Nacht in die Höhe, auch einige vereinzelte Gartenpflanzen reckten sich der Sonne entgegen; Apfelbäume blühten; mehrere große Sommerflieder – natürliche Kolonisten verwahrloster Flächen – zogen Schmetterlinge und Bienen aus kilometerweitem Umkreis an; und entlang der Mauern gedieh der unvermeidliche Meerrettich. In jenem Sommer begann ich an die Endlosigkeit zu glauben, an die Ewigkeit. Nicht an den Himmel oder an irgendein Jenseits, sondern an einen von linearer Zeit unberührten Zustand. Mein Garten schien mir so fern aller kommerziellen Überlegungen zu sein, dass ich davon ausging, er würde auf immer wundersam wild bleiben, ein Garten Eden mit Apfelbäumen und vielleicht sogar einer Schlange, dafür frei von Gottes willkürlichen Regeln und einem zur Rebellion verführenden Teufel. Zu der Zeit glaubte ich bereits nicht mehr an den Gott meiner Eltern, und was den Teufel betraf, hatte ich so meine Zweifel, hätte aber sicher auch nicht viel länger an ihn geglaubt, wäre da nicht jener Tag gewesen, an dem ich zu meinem geheimen Ort ging und ihn mit Brettern vernagelt vorfand; ein Bauschild befahl mir, das Gelände nicht zu betreten. Gott hatte sich aus dem Staub gemacht, der Teufel aber war noch geblieben, auch wenn er jetzt unter neuem Namen agierte.

★

Jeder kann nach Belieben glauben, das Jenseits ähnele dem Badehaus, in dem sich Dostojewskis Swidrigailow aus *Schuld und Sühne* ausmalte, die Ewigkeit sei eine enge Stube, schwarz und in den Ecken Spinnen, eine Ewigkeit, die er an den Rußflocken abzählen wollte, während der Staub auf den Fenstern feucht wurde und im Regen verschlierte. Der Gedanke aber, der mir von meiner Arbeit als Gärtner blieb – vor allem wohl, weil ich jenen Prozessen des Verfalls und der Verwandlung, die in feuchter Erde, verstopften Rinnen und alten Grabendrainagen vonstattengingen, unmittelbar ausgesetzt gewesen war –, war der Gedanke an ein unpersönliches Nachleben, in das die Seele versickert, so wie der Leichnam in Erde versickert, vom Regen verwaschen und aufgenommen von den Wurzeln des Wiesengrases. Ein Jenseits für andere, in das Leib und Seele und all die übrigen Lebenszeichen nach und nach hineinsterben, düster und so herrlich zugleich.

*Hineinsterben.* Wenn es ein Wort gibt, das ich mag, dann dieses, nicht wegen des Klangs, sondern weil es so deskriptiv ist. Der Körper scheint zu völligem

Stillstand gekommen zu sein, das endgültige Ende unbeseelter Materie ist erreicht, doch bleibt da noch etwas anderes, etwas, das dem Unpersönlichen in diesen finalen Stadien der Auflösung endlich nahekommt; der Körper stirbt in die Luft, in den Regen eines Nachmittags im Mai, in die Ferne jenseits des Horizonts. Ich mag das Wort nicht so sehr, weil es eine Möglichkeit persönlicher Fortdauer böte, schon gar nicht die eines Weiterlebens nach dem Tod (ich bin ganz damit zufrieden, dass es um die Zeit endet, da mein Arzt den notwendigen Papierkram ausfüllt); ich mag es, weil es ein glaubhaftes Szenario dafür andeutet, wie die Seele vergeht, ein Narrativ dafür, wie – wenn der langsame Verfall nicht mehr wahrnehmbar ist, weil die Dahingeschiedenen die Jurisdiktion der Uhrzeit verlassen haben – es nach und nach bedeutungslos wird, darüber zu reden, wie lang ein Leben dauert oder wann es endet. Entscheidend ist, dass die Abwesenheit, die im Laufe dieses Prozesses irgendwann erreicht wurde, ein interessanteres Thema für Überlegungen abgibt als die gewohnten Banalitäten, laut denen die Seele, tollpatschig und bis ans Ende vehement persönlich, in jenes Weiß davonschwebt, in dem irgendein Engel zuversichtlich aus dem Jenseits hervortritt, um ein paar Worte Trost zu spenden, ehe man ins Große Vielleicht eingeht, das, wie sich dann ärgerlicherweise zeigt, weitestgehend von jedem Vielleicht entfernt ist.

# Die Göttlichen

Als wenn ein Schlaf mich hat betört,
weit fort war Angst und Leid:
Sie schien ein Wesen, unberührt
vom Gang der Erdenzeit.
Wie still sie jetzt und ohne Schwere,
sie hört nicht, kann nicht schaun,
erfasst vom Kreiseln dieser Erde
mit Fels und Stein und Baum.

William Wordsworth[1]

Du weißt, es ist gemein:
Was lebt, muss sterben/
Und Ew'ges nach
der Zeitlichkeit erwerben.

William Shakespeare[2]

Tod und Leben können wir als zwei deutlich verschiedene Zustände voneinander trennen, aber wir können mitnichten das Sterben vom Leben trennen. Sterben ist ein Teil des Lebens: Das wissen wir. Stirbt ein Mensch armselig, verweist dies wohl darauf, dass er auch armselig lebte. »Urteilen wir allein nach Reichtum und Macht«, sagte der Dichter Randall Jarrell, »sind unsere Zeiten die besten aller Zeiten«, fügte aber hinzu: »Macht unsere Zeit uns aber willens, nach Reichtum und Macht zu urteilen, ist sie die schlimmste aller Zeiten.«[3] Ließe sich Ähnliches nicht übers Sterben sagen? Macht unser Leben uns willens, in dem Moment oder in den Tagen und Wochen vor unserem Tod zurückzuschauen und allein nach Reichtum und Macht zu urteilen, dann war es das schlechteste aller Leben.

★

Dies hier war einst Ackerland. Apfelbäume, Kiefern, Pferde auf der Weide. Schwärme von Honigbienen kartografieren die Wiesen mit ihrem Tanz und im Licht, Graugänse rudern über den Himmel und künden vom kommenden Winter. Die Bäume sind heute ohne Früchte, ohne Blätter; eine Amsel flitzt von einem zum anderen Ast, dann außer Sicht; und ich bleibe zurück; als ich der Amsel aber nachstürze, rieseln Eissplitter von den Zweigen, ein Lauf der Vorahnungen, zurechtgestutzt zu einer Erinnerung ans Wasser.

Hier ist die Kreuzung, an der unsere Toten im Winter erscheinen, noch nicht ganz fort, vertraute Leiber, die im Schnee lauern, bis wir sie nur widerwillig abtun und achselzuckend ins Haus gehen. Wir schulden ihnen etwas, können das stumme Versprechen jener Lampe aber nicht halten, die ihnen oben auf dem Treppenabsatz den Weg nach Hause leuchtet; auf unseren Lippen bereits die alten Gebete, die sie uns lehrten, wenn sie durch die Gerstenfelder kamen; die Zimmer, in denen sie schliefen, getreue Nachbildungen dessen, wie sie vor zwanzig Jahren waren. Jetzt sind die Fenster eisgepanzert, die Hintertür steht offen zur Nacht, und wer weiß, der Türrahmen bleibt leer, doch sagt man uns in diesen Gegenden nach, an Engel zu glauben.

★

Der Himmel kann warten, alles andere aber ist um uns, zeugt von den Grenzen unseres Verweilens hier, beschreibt die Pose zwischen dem Ich und dem Anderen, die eine Heimat schafft, erinnert an die Existenz von Licht und der prachtvollen Last der Farbe.

★

In meiner Grundschule erhielt jedes Kind eine kostenlose Ausgabe der Douai-Bibel, ein Geschenk des Papstes, zusammen mit einem Bild von Gott, das, als ich dann alt genug war, derlei zweifelhafte Geschenke heimzutragen, einen Gott der Liebe zeigte (denn wie alles, was wir schaffen, unterliegen auch Götter sich wandelnden Moden). Dieser Gott der Liebe wirkte auf den ersten Blick viel sympathischer als jener, der, wie es meiner Mutter beigebracht wurde, ein unsichtbarer, erbarmungsloser Zeuge eines jeglichen Fehlverhaltens war, sei es auch noch so unbedeutend, ein grimmiger alttestamentarischer Griesgram, der, bis die Lehren des Zweiten Vatikanischen Konzils in unser abgelegenes Bergarbeiterkaff vordrangen, ein allzu kleinlicher, rachsüchtiger Gott zu sein schien, um von modernen Leuten ernstgenommen werden zu können. Zweifellos hätte ich für den neumodischen Gott dankbar sein sollen, aber das war ich nicht. Natürlich gefiel mir der alttestamentarische Griesgram nicht, aber dieses Wischiwaschi-Update war beinahe ebenso widerwärtig: Absolution für alles und für Kirchentreffen mit Priestern in Zivil, die am Lagerfeuer *Kumbaya* sangen. Damals wusste ich noch nicht, dass ich mich nach einer alten heidnischen Gottheit sehnte, so erfunden wie Jahwe, bedenkt man es logisch, aber lebendiger, wacher und als Mythos folglich brauchbarer. Ich hätte es damals nicht in Worte fassen können, aber irgendwo in meinem Hinterstübchen hielt ich es für falsch, wenn wir nicht länger wussten, wie es sich anfühlte, manche Aspekte des Göttlichen zu fürchten, so wie Kinder Worte wie Schlange oder Schlangengrube fürchten. Ich wollte in keiner vernünftigen Welt leben, in der es für jedes Gift ein Gegengift gab, wollte nicht bloß die sicheren Wege gehen, auf denen man sich nie in jenen weißen Gegenden verirrte, in der uns die alten Karten Drachen in Aussicht stellten. Ich wollte ohne Kompass durch Eden rudern, wollte jagdfiebernd dorthin, wo die hellerleuchteten Pfade in jene unhistorische Wildnis ausuferten, in der aus Spalten und Brüchen im Fels der Ewigkeit eine angeblich vor Jahren ausgestorbene Megafauna wucherte.

Ich will damit nicht sagen, dass man irgendwas davon buchstäblich nehmen sollte. Ich weiß das, auch wenn ich vom mythischen Wert als Aberglaube überzeugt bin, so wie von der Idee der Hauspenaten oder der Heiligen Jungfrau in ihrem adretten blauen Gewand. Dennoch, sobald die Geschichte beginnt, ist es sinnvoll, aufmerksam zuzuhören, sie bis zu Ende anzuhören, damit sich später, wenn man auf hellerleuchtetem Weg nach Hause geht, nachtvoll die Bäume links und rechts, der klamme Wind leicht an den Wangen, die Monster, welche auch immer man aus dem Dunkeln heraufbeschwört, im Vorübergehen zu erkennen geben: hier oder da ein flüchtiger Blick auf Zähne und Haar, in dem Moment verschwunden, da man sich danach umdreht, so dass man sich nicht mit dem gewöhnlichen Ghul zufriedengeben muss, mit dem sie einen in der Schule hänselten – oder man kehrt pflichtbewusst heim zu dem Teufel, der einem vertraut ist, wenn auch zu einem, den man nie kennenlernen wird, bis man ein Leben lang in diesen Gegenden gehaust hat, sich eine Lebensversicherung zugelegt hat und eine dynamische Rente, vielleicht gar eine Alarmanlage, die man jeden Abend stellen kann, sobald die Gäste gegangen sind und man noch ein wenig länger aufbleibt, um die Türen zu verriegeln und die Vorhänge vorzuziehen, ein Ritual, das erst endet, wenn man die sechs Ziffern des Codes, das Geburtsdatum des jüngsten Kindes, eintippt und daraufhin das tröstliche Licht im Flur angeht, gleich über der Eingangstür.

Allerdings ist dies genau der Grund, warum die Kirche – warum jede Kirche einer jeden Konfession – sich so darum bemüht, dass unsere Götter in unserer Welt nicht gänzlich präsent sind. Sie müssen stets einen Schritt Abstand wahren, gleichsam zwei Zimmer weiter sein, sonst wären sie, wie Rilke sagt, *Du, Nachbar Gott*. Gott an den Mann zu bringen ist, als wollte man einen Horrorfilm drehen: Sieht das Publikum den großen Plastikhai, fängt es eher an zu lachen als zu kreischen. Gleichermaßen gilt: Wäre der christliche Gott unter uns, würde er einen Großteil seiner Macht verlieren. Allmächtig wird er allein durch die Tatsache seiner Abwesenheit. Ist er aber nicht in unserer Nähe, können wir ihm mit so etwas wie Ehrfurcht begegnen.

★

1991 veröffentlichte Joseph Brodsky *Ufer der Verlorenen*, einen buchlangen Essay, der seine Impressionen von Venedig im Winter (er weigerte sich, zu irgendeiner anderen Jahreszeit hinzufahren) mit einer Reihe starker, anrührender, für unsere Zeit beispielloser Meditationen über die Berufung zum Schriftsteller zusammenführt. Als lebenslanger Brodsky-Fan (aus persönlichen wie aus literarischen Gründen) hatte ich das Buch bereits mehrfach gelesen, allerdings nie in Venedig. Vor einem Sommer, gut zwanzig Jahre nach seinem Tod, saß ich allerdings nahe des Ospedale draußen in einem Café und las gerade die Passage, in der er schreibt, »wenn ich auf Abwege gerate« in dieser Stadt der Echos und des Wassers, »dann deshalb, weil Abwege sich hier buchstäblich von selbst verstehen«[4], als ich abgelenkt wurde, weder von einem Lichtglitzern auf dem Wasser noch von einem Echo, sondern von einer plötzlichen Stille im geschäftigen Treiben des Tages, von einem jener Momente, über den die Franzosen sagen: *un ange passe*. Denn in ebenjenem Moment, da ich von der Seite aufsah wie Maria, die sich für die Verkündigung von ihrem Buch abwendet, zog eine kleine Beerdigungsprozession über die Lagune, angeführt von einer *lugubre gondola*[5], vermutlich auf dem Weg zur Friedhofsinsel San Michele (auf der ich, wie es der Zufall wollte, den Nachmittag zu verbringen gedachte, um die Gräber von Stravinsky, Djagilew und eben auch von Brodsky zu besuchen).

*Un ange passe*, soll so viel heißen wie: Ein winziges Schlupfloch im Gewebe des Tages, ein Augenblick, dessen Bedeutung einem fremden, womöglich metaphysischen Bereich angehört. Für Brodsky war

Venedig eine Winterstadt kalter Wasser und kälterer Steine, in der wir Menschen immerzu unseren eigenen Spiegelbildern begegnen, doch will mir scheinen, dass die Engel inmitten dieser Spiegelbilder nie weit fort sind. Ich meine nicht die gemalten Engel, erst recht nicht die in Marmor gehauenen; ich meine die gewöhnlichen Engel des Volkstums, des Alltags, jene flüchtigen, gleichgültigen Geister, die durch eine Pause im Gespräch huschen, oder auch den persönlicheren Geist, der hinter mir schwebt, etwa wenn ich stehenbleiben und zu Atem kommen muss, weil die Hitze mich überwältigt auf einem sonnenprallen *Campo*, den ich nie zuvor gesehen habe, obwohl ich schon seit so manch einem Sommer durch diese Stadt wandere und versuche, jene verschiedenen Karten zusammenzubringen, die sich in meinem Gedächtnis als Fragmente angesammelt haben. Doch ob Schutzengel oder nicht, das Resultat all dieser Ablenkungen ist laut Brodsky eine ironische Art der *Libertà negativa*: »Nach zweiwöchigem Aufenthalt ist man – sogar außerhalb der Saison – so mittel- und selbstlos wie ein buddhistischer Mönch. In einem gewissen Alter und in einem gewissen Metier ist Selbstlosigkeit willkommen, wenn nicht unerlässlich.«[6]

Diese Bemerkung scheint mir das Eigentliche der Arbeit Brodskys einzufangen. Ich schrieb, ich sei aus persönlichen wie literarischen Gründen sein Fan, und das, da ich (ohne mich an dieser Stelle noch weiter ablenken lassen zu wollen) einmal mehrere Stunden in seiner Gesellschaft verbracht habe, damals, in den 1970er Jahren: ein Abend, an dem er über die Maßen freundlich war zu mir, einem unbekannten und völlig inkompetenten ›jungen Dichter‹. Er war der einzige Schriftsteller, auf dessen Rat ich je hören sollte (dabei ging es nicht um Form oder Inhalt und auch nicht – ich hoffe, das versteht sich von selbst – darum, ›wie man veröffentlicht‹ wird, sondern um die Ehre der Berufung und der Verantwortung gegenüber einer Welt, soweit es die Sprache in all ihren Anwendungen betrifft). Tatsache ist, dass er mich vor langer Zeit und ohne jeden Grund einfach ermutigt hat; und *Ufer der Verlorenen* steckt voll solcher Ermutigungen, insbesondere hinsichtlich der Macht der Ästhetik: Etwa wenn Brodsky die Gefahr bemerkt, die von Entwicklern für eine Stadt ausgeht, die selbst ein Kunstwerk ist, und beklagt, nichts habe »eine größere Zukunft als Geld«, nur um einige Seiten weiter hinzuzufügen, »Schönheit, definitionsgemäß ein *fait accompli*«, fordere »immer die Zukunft heraus ..., indem sie sie in erster Linie als verblühte, kraftlose Gegenwart betrachtet«[7].

Viel ist über die Tapferkeit einiger zeitgenössischer Schriftsteller geschrieben worden, meist aus Marketinggründen, Brodsky aber war tatsächlich ein sehr couragierter Mann, und das nicht nur in seinem Widerstand gegen das Sowjetregime (während seines Prozesses vom Richter gefragt: »Wer hat Sie in den Rang eines Dichters erhoben?«, antwortete er: »Wer hat mich in den Rang eines Menschen erhoben?«[8]).

Auf seine Reisen ins winterliche Venedig anspielend, dank derer er einmal im Jahr seinem akademischen Brotjob entkam, um »ein paar Gedichte zu schreiben, falls ich das Glück habe«, schrieb er: »Glück oder Unglück geschehen einfach … Nicht allzu viel Aufhebens um das eigene Gefühlsleben zu machen, halte ich für eine Tugend, an die ich vor langem zu glauben lernte. Es bleibt stets genug zu tun, um gar nicht erst davon zu reden, dass es da draußen auch immer genug Welt gibt.«[9] Es braucht nicht nur Mut, sondern auch eine gewisse, hart erkämpfte Weisheit, so uneingeschränkt auf die eigene Berufung zu vertrauen, doch Brodsky kannte da kein Pardon: »Das ästhetische Gefühl ist der Zwilling des eigenen Instinkts zur Selbsterhaltung und weit verlässlicher als jede Ethik.«[10]

Ich glaube, damit ist gemeint, dass zu jeder Ethik ein bewusster Prozess des Urteilens und Handelns gehört, wohingegen das ästhetische Gefühl ›autonom‹ ist. Wir trauen der Ästhetik, weil es da draußen »immer genug Welt« gibt, und es ist die Welt jenseits des eigenen Ichs (in *Ufer der Verlorenen* die Stadt Venedig), auf die es ankommt. Das Buch spielt im Winter: Es beginnt mit einer ›proustschen‹ Erinnerung an gefrorenen Tang und endet mit einer bewegenden Anekdote über den alten W. H. Auden; und es gibt keinen Zweifel daran, dass eine stoische Stimmung das Buch durchzieht. Und doch verkündet der letzte Satz, dass »die Liebe … größer ist als man selbst«[11].

Als ich dieses Meisterwerk im Juni in Venedig las, wünschte ich mir allerdings unwillkürlich, Brodsky hätte seinen Widerwillen gegen die ›Shorts tragenden Scharen‹ überwinden können, um hier einige Wochen im Sommer zu verbringen, wenn die Nähe zum Wasser eine etwas andere Wirkung als zu anderen Jahreszeiten hat. Gewiss, wie im Winter ruht das Auge unablässig auf dem Spiel von Licht und Schatten über der Lagune, doch ist zugleich etwas anderes am Werk, eine genauere Abstimmung des Nervensystems auf jede Bewegung, jedes Kräuseln, jede Veränderung in der weiteren Umgebung, fast, als entwickelte der menschliche Körper zeitweilig seine eigene *Linea lateralis*, vergleichbar dem unsichtbaren, feinfühligen Radar, mit dem Fische ihr Element überwachen. Diese Empfindsamkeit bringt gemeinhin der Sommer mit sich – so auch an jenem strahlendhellen Nachmittag während einer Gartenparty auf der Insel Torcello unweit der Rialto-Brücke und der »ungefilterten Ausdünstungen von Kohlenwasserstoff und Achselhöhlen«[12]. Infolge einer weiteren Ablenkung sah ich mich am Rand des Gartens meiner Gastgeber stehen, den Blick über das Röhricht und die offene Wasserfläche dahinter gerichtet in der Hoffnung, einen Storch zu entdecken oder eine vorüberhuschende Meerschwalbe. Der Rest der Party hatte sich um den Tisch mit Getränken am hinteren Rasenrand versammelt, so dass ich mich, einen Moment nahezu allein, an mein kurzes Gastspiel als Outfielder für das schlicht erbärmliche

Cricketteam in Northamptonshire erinnerte und an das überraschende Vergnügen, dem hohen Gras näher als dem Wicket zu sein, stets knapp davor, mich umzudrehen und einfach zu gehen, aber ausreichend wohlgesonnen, um doch zu bleiben, wo ich war, im Schatten der Ahornbäume, die unseren ungepflegten Sportplatz umstanden. Jetzt, auf meiner Seite des Gartens, genauso weit, aber auch keineswegs weiter von den anderen entfernt, war ich wieder einmal Teil jenes komplexen Systems, das sich lang und breit über diese Stadt des Wassers ausbreitete, eine Matrix der Wahrnehmung, ins Röhricht gewebt oder versteckt noch über jenen schmalen Kanälen hängend, in denen das plötzliche Tempo eines am Arsenale vorbeibrausenden Speedboots oder das langsame Dahingleiten einer *Lugubre gondola* nur als leichtes Krausen ankommt, ein meilenweites Erzittern der Lagune – und wieder musste ich an Brodskys elegante Schlusspassage denken, in der er uns daran erinnert, dass »wir abtreten und die Schönheit bleibt«, dass »wir uns in Richtung Zukunft bewegen, während die Schönheit die ewige Gegenwart ist«[13].

el centro del centro
es la auscencia

Alejandra Pizarnik[14]

Jener Sommertag auf Torcello ist jetzt vergangen – alle Sommer sind vergangen, und irgendwann werden auch alle in der Zeit verloren sein, doch obwohl ich weiß, dass Vergessen unvermeidbar ist, will ich so ohne weiteres jene Sommerferien nicht vergessen, die ich damals am schmalen Strand in Mjelde im Norden Norwegens verbrachte, hoch oben am Polarkreis. Die Hütte, in der ich lebte, eine kleine, gemietete *hytte*, roch noch frisch nach Holz und Harz, tagsüber sonnendurchflutet, nachts fiel der Blick durchs Fenster über den Malangsfjord, arktische Seeschwalben schwebten minutenlang über silbrigem Wasser, ehe sie plötzlich abtauchten, um einen schmalen, silbrigen Fang aus der Flut zu fischen. Näher bin ich dem Zentrum des Zentrums nie gekommen, dort, wo Abwesenheit ist – dieses Gefühl, das ich hatte, als ich vom Laden in Kvaløysletta zurückfuhr, nicht nur dem Vorwärtsdrängen linearer Zeit zumindest für den Moment entkommen, sondern überhaupt niemals gewesen zu sein.

Oder, um es anders auszudrücken: Nichts von dem, was ich noch will, ließe sich nicht irgendwie mit der Stadt vergleichen, die ich einmal an einem frühen Abend irgendwo in Virginia aus einem langsam dahinfahrenden Zug sah, die Hauptstraße nichts als Schaufenster und Neonlampen: Wie, just in dem Moment, da der Zug vorbeifuhr, ein Mann aus einem Geschäft trat, zu den Lampen hochsah und sich dann umdrehte, um die Tür zu verriegeln; ohne alle Eile und sichtlich an dem ihm gebührenden Platz tat er, was er um diese Tageszeit stets tat. Und obwohl der Zug langsam fuhr, trug er mich doch so schnell davon, dass ich mir nicht sicher sein konnte, ob der Mann aussah wie ich, dabei wusste ich es, vielmehr wusste ich, dass er *ich* war – ich spürte nicht allein das Schloss in meiner Hand klicken, als er den Schlüssel umdrehte, einen Augenblick lang fühlte ich auch seine Vorfreude, das Wissen, bald daheim zu sein, sich ein Bier einzuschenken oder zu Abend zu essen, das Tagwerk getan, und um ihn breitete der Abend seine Karte der Straßenlaternen, Verandalichter und Sterne aus.

★

Es ist ein warmer Oktobernachmittag in Ostkansas. Ich bin knapp zwanzig, dreißig Meilen westlich von Emporia, unweit vom Cottonwood River, als mir eine schmale Landstraße auffällt, die aussieht, als würde es sich lohnen, sie genauer in Augenschein zu nehmen, ein Weg, der, wie ich auf den ersten Blick weiß, irgendwo in Kies und Sand ausläuft, in der Nähe eines alten Holzschuppens und einer Traktorleiche oder am Rand eines Hofs, auf dessen halb verfallenen Veranda neben einem Beet voller Tollkraut und Kürbis ein fetter, argwöhnischer Köter vor sich hinträumt. Dies ist das Land der Osagen; Flussufer und Straßenrand sind übersät mit den verhutzelten, bitteren Osage-Orangen wie mit lebendigem, grünem Abfall; der indianische Name der Osagen (von Wazhazhe: »Menschen der mittleren Wasser«) gab diesem Landstrich in Kansas den Namen, einer Gegend, die nicht flach wie eine Flunder ist und die gleich am Fuße der Flint Hills liegt – und auch wenn es die alte Prärie nicht mehr gibt, sind doch einige wenige Oasen des Bluegrass geblieben, heute allerdings nicht blau, sondern rostrot, kupferfarben und golden im Herbstlicht, die letzten Reste des wahren Mittleren Westen, der Fortbestand gesichert durch einen Regierungserlass, um zufällige Besucher an das zu erinnern, was dieses Land zu Zeiten unserer Ururgroßväter einst so zauberhaft gemacht hat.

Also fahre ich einen Umweg – eigentlich einen kleinen Umweg nach einem größeren Umweg – und verlasse den Highway in dem Wissen, dass ich meilenweit niemanden sehen werde, was mich vergnüglich stimmt, möchte ich mir doch, zumindest für einige Stunden, einbilden können, ich sei allein auf der Welt und reise in *Splendid isolation*, ein einzigartiger Luxus, den einem Gegenden wie der Mittlere Westen manchmal gewähren. An den Weg, den ich einschlage, ist nichts bemerkenswert, und er führt zu dem, was man gemeinhin das Nirgendwo nennt, weshalb der restliche Tag für mich so angenehm verläuft. Ich will kein Lokalkolorit; ich will nichts Pittoreskes; und unter keinen Umständen möchte ich irgendwas erkennbar Historisches. Ich will das Hier und Jetzt, ich will die flüchtige Vergänglichkeit von Himmel und Jahreszeit, die subtile Schönheit des Unscheinbaren. Beim Fahren sehe ich keinerlei auffällige Wahrzeichen, hin und wieder Cottonwood, in eine Schlucht geschmiegte Pappeln, die Wasser Schatten spenden, manchmal auch längere Zäune – Holz, nicht Draht – um etwas, das wie eine verlassene Farm aussieht, für irgendwen aber durchaus ein ganzes Leben ausmachen könnte. Dem zufälligen Besucher ist dies einer der magischen Orte, an denen nie auch nur das Geringste geschieht, weshalb ich ihn, als ich Tage später zurückkehre, wohl auch nicht wiederfinden kann: keine tristen Farmen und keine Kreuzung, an der ich ins Hinterland abbog. Ich fahre meilenweit und halte unterwegs überall Ausschau, finde die Abzweigung aber nicht mehr, fast, als wäre der Ort, an dem ich war, nur eine Illusion gewesen, ein Phantom, die Kansas-Version von *Brigadoon*. Vielleicht aber habe ich auch einen flüchtigen Blick auf unentdecktes Land werfen können, eine Gemarkung, von der ein Reisender meist unversehrt und unverändert wiederkehrt, war er doch dank eines glücklichen Zufalls durch einen Riss im Gewebe geschlüpft, um dann von einer anderen Art Licht berührt zu werden. Womit ich nicht behaupten will, die Fahrt hätte mich äußerlich irgendwie verändert: Ich fuhr mit dem Wagen so weit, wie dies möglich war, stieg aus und ging eine Weile entlang eines Grabens spazieren, vielleicht ein Bewässerungskanal, ehe ich zurück zum Auto lief und wieder zum Highway fuhr. Es war nur ein typischer Herbsttag in jenem Teil Amerikas, und ich hatte auch keine Geschichten zu erzählen, als ich dorthin zurückkehrte, wo ich übernachtete. Und dennoch, als ich mich in meinem B&B in Emporia schließlich hinsetzte, um Karten der Gegend zu studieren, fand ich nichts, was mit dem Weg, den ich an jenem nun schon mythischen Nachmittag gefahren war, übereinstimmte, und bis heute fühle ich mich gesegnet und betrogen: gesegnet, weil ich eine Art Anderswo erlebt habe; und betrogen, weil mir nicht erlaubt wurde, dort zu bleiben.

★

Es heißt, als Goethe auf dem Totenbett lag, habe er nach mehr Licht verlangt. *Mehr Licht! Mehr Licht!* Manche behaupten gar, es seien seine letzten Worte gewesen. Falls dies stimmt, erbat er sich das Falsche, denn wir alle brauchen, im Leben wie im Sterben, die Fähigkeit, das zu sehen, was unabhängig vom Licht gesehen werden kann. Ich weiß noch, wie ich, ein Teenager mit seiner ersten Kamera, sämtliche Handbücher der Fotografie las, deren ich habhaft werden konnte, ohne dass dies den geringsten Unterschied gemacht hätte, denn die Fotos, die ich machte, waren nicht besser als die von Hinz und Kunz – doch blieb mir aus jener Zeit eine Vorliebe für die entsprechende Terminologie, ein Verzaubertsein von Worten. *Tiefenschärfe, die blaue Stunde,* am besten aber: *Vorhandenes Licht.* Dieses Konzept gefiel mir auf Anhieb, weshalb ich kein einziges Mal erwogen habe, für meine Bilder Blitzlicht oder zusätzliches

Licht zu verwenden – alles sollte im vorhandenen Licht gesehen werden, denn *wahrhaftig* war doch gewiss nur das vorhandene Licht. Keine Effekte, keine Extras – und natürlich machte dies einen der Gründe aus, weshalb meine Bilder so gewöhnlich blieben, hatte ich doch vergessen, dass Fotografieren – im Grunde jede schaffende Tätigkeit – Künstlichkeit verlangt. Die Kamera sieht nicht, was das Auge im vorhandenen Licht sieht, so die schlichte Wahrheit, und sie sieht noch viel weniger, was der Verstand aus dem macht, was das Auge sieht (um gar nicht erst von dem zu reden, was das Herz wiederum *daraus* macht).

Rein aus höflicher Neugierde fragte ich einmal eine befreundete Stewardess, warum nachts bei Starts und Landungen das Licht ausgeschaltet wird, ob es einen guten Grund dafür gebe oder ob dies etwas sei, das nur pro forma geschehe wie etwa die Ansage, dass nun alle ihre Handys ausschalten sollten. Ich schätze, die Antwort fiel genauso aus, wie ich sie mir hätte zusammenreimen können, hätte ich zuvor darüber nachgedacht, nur hatte ich das nicht, und so faszinierte mich, überraschte mich gar ein wenig, was sie sagte: »Wir dimmen vor dem Landen das Licht, weil die Landung der gefährlichste Augenblick des Flugs und die Wahrscheinlichkeit, dass etwas schiefläuft, dann am höchsten ist. Falls das Landesystem der Maschine versagt, geht vermutlich auch das Licht aus, also dimmen wir die Lampen vorher, um sicherzugehen, dass die Dunkelheit nicht überraschend kommt, sollte das Schlimmste geschehen. Sind die Lichter gedimmt, kommen die Passagiere besser zurecht, wenn die Dunkelheit aus irgendeinem Grund länger anhält.«

Als sie mir das sagte, fand ich mich so unvermittelt wie unlogischerweise vom Schicksal dieser gänzlich hypothetischen Passagiere gerührt, deren Augen sich im Moment der Gefahr an die Dunkelheit gewöhnen; auf einem eher schlichten Level bewegte mich aber auch, wie die Verantwortlichen über Sicherheitsverfahren nachdachten. Zugleich dachte ich an Goethe, der, als seine Sehkraft nachließ, *mehr Licht!* verlangte, wo er doch besser daran getan hätte, die Dunkelheit zuzulassen, seinen Augen zu gestatten, sich der Veränderung anzupassen, damit er, sobald die Dunkelheit allumfassend wurde, sie ungehindert und ohne Bedauern betreten konnte. Auch ohne zu zögern. Warum sich eine weitere Lampe wünschen, warum nach mehr Licht verlangen? Etwa, weil es uns gestattet ist, das unvermeidliche Ende nahen zu sehen, das wir unverwandt beobachten, während es immer näher heranrückt, auch wenn wir das nachfolgende Jenseits nie zu sehen, zu schmecken oder zu fühlen bekommen? Ich muss zugeben, so sehr ich mich auch mit der Unvermeidbarkeit des Todes abgefunden habe, so sehr enttäuscht es mich, dass ich nicht wissen kann, was es heißt, tot zu sein; dass ich, um es anders auszudrücken – und zur Hölle mit den Paradoxien –, nicht da sein werde, um zu wissen, wie es ist, nicht länger da zu sein. Ich bin enttäuscht – und auch ein wenig besorgt, denn wie kann ich mir sicher sein, dass alles vorbei ist, wenn ich den Moment nicht erlebe, an dem Gegenwart zu Abwesenheit wird? Wie kann ich mir sicher sein, dass die Dunkelheit absolut ist, wenn ich nicht sehen kann, wie dunkel die Dunkelheit wirklich ist? Und wie kann ich wissen, dass meine Zeit abgelaufen ist, wenn ich in ebendem Moment, da alles endet, aufhöre, das Vergehen der Zeit wahrzunehmen?

Keine Geschichte kann ein für alle Mal erzählt werden. Mit jedem Erzählen wird sie zum ersten Mal erzählt, ganz unabhängig davon, wie viele Wiederholungen sie bereits überdauert hat. Wir erzählen Geschichten aus mancherlei Gründen, und wenn wir sie gut genug erzählen, werden sie zu Mythen, zu Seinsweisen, zu einem Teil der Musik dessen, was geschieht. Manchmal erzählen wir Geschichten, nur um zu sehen, was sich seit dem letzten Erzählen verändert hat – wie wir uns verändert haben, keine Frage, aber auch, wie manche Teile unserer Welt sich davongemacht haben, während wir mit anderem beschäftigt waren. Wir erzählen Geschichten, weil wir eine Bestandsaufnahme brauchen, weil wir uns an uns erinnern wollen, wie es war, als die Welt gerade richtig war, oder daran, wie wir sind, wenn wir allein sind, unbeobachtet im Dämmer des Abends, von keinerlei perfekten, privaten Angelegenheit abgelenkt, die sich niemandem offenbaren ließe.

★

»Ich habe viele Besucher in meinem Haus, vor allem morgens, wenn niemand vorbeischaut.«

H. D. Thoreau[15]

★

Einige Jahre nach jenem verlorenen Nachmittag in den Flint Hills – diesmal auf einem anderen Highway, viele Meilen weit fort von Kansas – kam ich an dieselbe Kreuzung, von der derselbe Landweg abzweigte, wieder driftete Pappelflaum schimmernd über die Felder. Mir fiel es sofort auf, und ich bog vom Highway ab, fuhr etwa zwanzig Meilen weit, bis der Weg auf sandigem Schwemmland verlief, eine Reihe Weiden, eine Stille, nur dann und wann vom Ruf eines Rotschulterstärlings unterbrochen, der versteckt im Schilf hockte. Es war ein warmer, enteneiblauer, strohfarbener Nachmittag, und ich war an keinem bestimmten Ort, womit ich sagen will, ich war dort, in diesem Moment, genau da, wo die eine oder andere Macht mich haben wollte.

# Anmerkungen

* Aus: Collected Poems, Toronto 2014. Sofern nicht anders ausgewiesen, stammen alle Übersetzungen von Bernhard Robben.

## ERDE

1 Aus: William Shakespeare, Der Sturm, 5. Akt, 1. Szene, zit. n. Shakespeares Werke, Übers. von August Wilhelm Schlegel und Ludwig Tieck, Darmstadt 1955.
2 Aus: Walt Whitman, Grasblätter, Übers. von Jürgen Brocan, München 2009.
3 Aus: W. H. Auden, Musée des Beaux Arts, in: New Writing, edited by John Lehmann, Übers. von Wolf Biermann, London 1939.
4 Aus: Aldous Huxley, The Doors of Perception, London 1954.
5 Aus: Sueton, Leben und Taten der römischen Kaiser, Übers. von Adolf Stahr und Werner Krenkel, Berlin 1965.
6 Elizabeth Barrett Browning: Aurora Leigh, London 1857.
7 Aus: Wallace Stevens, Harmonium, New York 1923; *The Snow Man*, erste Zeile: »One must have a mind of winter«.
8 Aus: John Evelyn, Diary, zuerst veröffentlicht als: Memoirs Illustrative of the Life and Writings of John Evelyn, London 1818.
9 Ebd.
10 Aus: Ernest Hemingway, A Clean Well-Lighted Place, New York 1933.
11 Zit. n. N. N., Alles bebt, 18.3.1968, https://www.spiegel.de/spiegel/print/d-46106751.html.
12 Gordon Hempton, John Grossman: One Square Inch of Silence: One Man's Quest to Preserve Quiet, London 2010.
13 Aus: John Wargo, Green Intelligence, New Haven 2010.
14 Aus: D. H. Lawrence, Liebende Frauen, Übers. von Therese Mutzenbecher, Hamburg 1967.
15 Dieser Absatz fehlt in der deutschen Fassung von Scotts Tagebuch.
16 Aus: Drama am Südpol. Die Terra-Nova-Expedition. Robert Falcon Scotts Tagebücher der letzten Fahrt, Leipzig 1919. Die deutsche Ausgabe erschien ohne Verweis auf die Originalausgabe, ein Textvergleich aber ergibt, dass der deutschen Fassung folgendes Buch zugrundeliegt: Captain Scott's Last Expedition, Oxford 1913. Die deutsche Ausgabe ist stark gekürzt.
17 Ebd.
18 Ebd.

## HIMMEL (über das Verlieren)

1 Aus: Chris Raschka, The Purple Balloon, London 2007.
2 Aus: Umberto Saba, Mezzogiorno d'Inverno, in: Cose Leggere e Vaganti, Mailand 1920.
3 Ebd.
4 Ebd.
5 Aus: Matthew Arnold, The Buried Life, in: Empedocles on Etna and Other Poems, London 1852.
6 Ebd.
7 Ebd.
8 Aus: L. P. Hartley, Ein Sommer in Brandham, Übers. von Wibke Kuhn, Zürich 2019. Erster Satz: »Die Vergangenheit ist ein fremdes Land; man macht die Dinge anders dort.«
9 Ebd.
10 Elizabeth Bishop, One Art, in: The Complete Poems 1927-1979, Übers. von Franz Hofner, New York 1979.
11 Jack Gilbert, A Description of Happiness in Kobenhavn, in: Collected Poems, New York 2012.

## DIE STERBLICHEN

1 Matthew Ashdon: »The 10 Best Celebritiy UFO Sightings«, The Richest, 14.5.2014, https://www.therichest.com/most-shocking/the-10-best-celebrity-ufo-sightings/
2 Aus: Richard Avedon, An Autobiography, New York 1994.
3 Ebd.
4 Aus: Victor Bockris, The Life and Death of Andy Warhol, London 1989.
5 Zit. n. Aperture, New York 1968.
6 Ebd.
7 Aus: Grasblätter, a. a. O.
8 in dem alten Lied: *Green Grow The Rushes, O.*
9 Ebd.
10 Jesus antwortete ... so wird's besser mit ihm: Johannes-Evangelium 11,9.
11 Aus: The Buried Life, a. a. O.
12 Aus: Ludwig Wittgenstein, Tractatus Logico-Philosophicus, London 1922.

1 Aus: William Wordsworth, A Slumber did My Spirit Seal, Lyrical Ballads, London 1800, Auswahl aus seinem Werk: Englisch und Deutsch, Übers. von Dietrich H. Fischer, 2003, http://www.william-wordsworth.de/.
2 Aus: William Shakespeare, Hamlet, 1. Akt, 2. Szene, Übers. von August Wilhelm Schlegel, Darmstadt 1955.
3 Aus: Randall Jarrell, The Taste of the Age, zit. n. The Saturday Evening Post, 26.7.1958.
4 Aus: Joseph Brodsky: Ufer der Verlorenen, Übers. von Jörg Trobitius, Frankfurt 2002.
5 *lugubre gondola*: Anspielung auf Franz Liszts Werk *La lugubre gondola*.
6 Aus: Ufer der Verlorenen, a. a. O.
7 Ebd.
8 Aus einer Prozessmitschrift, keine Zeit, keine Angabe.
9 Aus: Joseph Brodsky, Conversations, edited by Cynthia L. Haven, University Press of Mississippi 2002.
10 Ebd.
11 Ebd.
12 Aus: Ufer der Verlorenen, a. a. O.
13 Ebd.
14 Aus: Alejandra Pizarnik, Los pequeños cantos, 1993.
15 Aus: Henry David Thoreau, Walden: oder Leben in den Wäldern, Übers. von Wilhelm Nobbe, Jena 1922.

»John Burnside ist einer der brillantesten Schriftsteller unserer Zeit.«

*Die Weltwoche*

Liv lebt mit ihrer Mutter auf einer norwegischen Insel nah am Polarkreis. Als ein Junge aus ihrer Klasse verschwindet und schließlich tot angespült wird, scheint das die Bewohner nicht zu beunruhigen. Doch dann ertrinken immer mehr junge Männer auf rätselhafte Weise. Hat, wie es die Sage behauptet, die Waldfee Huldra ihre Hand im Spiel? Oder werden die Männer von der schönen Maia getötet? Die stille Liv versucht dem Rätsel auf den Grund zu gehen – doch nichts ist so, wie es scheint …

»John Burnside ist einer der größten Schriftsteller, und *Lügen über meinen Vater* sein vielleicht stärkstes Werk.«
*FAZ*

Der Vater war ein Nichts. Als Säugling auf einer Türschwelle abgelegt. Zeitlebens erfindet sich John Burnsides Vater in unzähligen Lügen eine Herkunft. Er ist brutal, ein schwerer Trinker, ein Tyrann. Seine Verachtung zerstört alles, die Mutter, die Familie, John. Dieser hat als junger Mann massive Suchtprobleme und erkennt schließlich in den eigenen Exzessen den Vater. Erst die Welt der Literatur eröffnet ihm eine Perspektive.

Nur einem Autor vom Kaliber John Burnsides kann es gelingen, eine solche autobiographische Geschichte in Literatur zu überführen. Ein radikal wahrer Blick in die menschlichen Abgründe und zugleich eine Feier der Sprache.

PENGUIN VERLAG